40歳を過ぎたら生きるのがラクになった

アルテイシアの熟女入門

アルテイシア

幻冬舎文庫

40歳を過ぎたら生きるのがラクになった

アルテイシアの熟女入門

はじめに

真夏でもパンストのＪＪが集まると、誰かの歯のかぶせがとれている

「もうおばさんだからさ〜」とおばさんを自称しつつ、他人からおばさんと呼ばれると自分でも驚くほどショックを受ける。それが40歳という年齢だ。

おばさんになりたくないというよりも、おばさんのなり方がわからない。なにぶん初めての経験なので、いろんな変化にいちいち驚き、戸惑うのだ。

子どもの頃はおばさんというと「肝っ玉母さん、鋼のメンタルの持ち主」的なイメージがあったが、いざ自分がおばさんになると、思いのほか繊細で傷つきやすい。

硝子《ガラス》の熟年時代は、破片が胸へと突き刺さるお年頃。そんな私の熟女入門な日々を

綴《つづ》っていきたいと思う。

私の場合、38歳ぐらいで一気にきた。「これが老い、か……」とグラサンが吹っ飛ぶ勢いで、肉体の変化を実感したのだ。

まず地球の引力に引かれる人類として、皮や肉が一気に下降しはじめ、顔や体型が変わった。それまでAラインのミニワンピなども着ていたが、今着ると一点の曇りもなく狂女になる。

40を超えると似合う服が変わるのは事実なので、和装に凝る20代女子には「そんなもんババアになってからナンボでも着れる、今しか着れへん服を着なはれ」とつい余計なお節介を言いたくなる。

ちなみに私は老後、ゴスロリを着ようと目論《もくろ》んでいる。80代のババアのゴスロリはガチ魔女感が漂いそうだし、何らかの魔力も発現しそうなので、今から楽しみだ。

また、肉体の変化として実感したのは「アラフォーが自然体にすると死体に近づく」ということだ。これまではすっぴんの時に「肌キレイだね」と褒められたりしたが、今では土気色の顔を見て「どこか悪いの……？」と命の心配をされてしまう。

死体に近づくと言えば、アラフォーになると体温が下がる。

やたら手先足先が冷えるようになり、エアコン地獄に耐えられないため、真冬でも生足だったＪＫが真夏でもパンストのＪＪ（熟女）に進化する。原始人は全裸から衣服を身につけるようになったのだから、これは進化と呼んでいいだろう。

「今年は一度もサンダルを履かなかった」はＪＪあるあるなので、若いお嬢さん方は今のうちにサンダルを履き散らかすことをおすすめする。

ちなみに78歳の義母いわく「足先が冷えてつるため、真夏でも靴下2枚履き」はＢＢＡあるあるらしい。私もレースのニーハイを重ね履きして、立派なゴスロリババアを目指したいと思う。

その他、ホットなＪＪあるあるは「歯の調子が悪い」だ。ＪＪ世代の女友達が集まると、つねに誰かの歯のかぶせがとれている。
「ミルキーにもってかれるのはわかるが、このたびフロスにもってかれた。歯に良いことをしてるのにこの仕打ち」といった話をツマミに酒を飲みつつ、アタリメをしがんでいたある日、私の歯の調子も悪くなった。

そこで歯医者に行ったところ「初期の歯周病です」と診断された。歯周病が進むと歯ぐきが痩せて腐って歯が抜けて最後は入れ歯になる、という歯科医の話を聞きながら「ラピュタは本当にあったんだ」という気分だった。

歯周病なんて天然痘と同じぐらい、自分とは無関係の病気だと思っていたのだ。「入れ歯が合わなくてつらい」というお年寄りの言葉も、遠い異国の話のように聞いていた。

テレビで芸能人を見て「なんかフガフガしてる？」と口元に違和感を覚え「この人、入れ歯かな？　お金あるならもっとイイやつ入れりゃいいのに」と言い放っていた。若さゆえの傲慢《ごうまん》だったのだろう。

成熟を良しとするフランスでも腐った歯ぐきは魅力的じゃないだろうし、ミニマリズムが流行《はや》る日本でも歯の数は多い方がいいはずだ。

「体は太るが歯ぐきは痩せる」というJJあるあるを嚙みしめた私に（歯を嚙みしめると歯ぐきに負担がかかる）、女友達が「歯ぐきだけではない、髪も痩せるぞ」と教えてくれた。

彼女はもともと猫っ毛で毛量の少ないタイプだったのだが「これ以上髪が減ったら、迷いなくカツラをかぶる！」と威風堂々宣言していた。

一方、私は剛毛多毛タイプで、中学時代は「麗子像」と呼ばれ、大学時代にパーマをかけた時は「伝説のギタリスト来日」と呼ばれた女。白髪の増加問題は抱えているが、毛量の減少問題など銀河系の外の話だと思っていたし、薄毛との戦いなんて宇宙戦争のようなものだった。

それゆえ、ヅラ男性をネタにしていたのだ。

女友達がヅラ男性と付き合っているのだが、その彼氏のことを「カツラ田カツオさん」と呼び、「最近カツラ田さんはどう？」「それがこの前会った時、紫がかったおニューのヅラをかぶっててさ〜！」「マジで？　紫のヅラの人！」とゲラッゲラ笑っていた。

そんな傲慢な自分を反省して謙虚になったかというと、今も変わらずヅラ話にゲラッゲラ笑っている。年をとっても人間の中身はそう簡単に変わらない。

「笑いジワは人生の誇りよ」と突然フランス人みたいな発言をしたりもしないし、いきなり美魔女に目覚めて水素発生器を購入したりもしない。むしろ女友達と「私が水素グッズとか買いそうになったら止めてくれ！」「おう任せとけ！」と言い合っている。

ジョジョ好きとしては水素ではなく波紋を発生させて、リサリサ先生を目指したい所存だ。

ジョジョと言えば、若い女の美しい手に勃起する吉良吉影が有名だが、私は吉良の股間を萎《な》えさせる自信がある。

先日、25歳の女子と飲んだのだが、私と彼女の手が並ぶと親子感が漂っていて「自分が産んだんだっけ？」と錯覚しそうになった。そのみずみずしくハリのある指先を見つめながら「これが平成生まれの手……私も昔はこんなだったなあ……」と郷愁を覚えた。

ちなみに10代の若者には「2000年代生まれ」「1000年代生まれ」という区分があるらしい。それだと源頼朝とかも同じグループになるし、幅が広すぎやしないか。


頼朝はさておき、たしかに若さを失うのは寂しい。でも自分1人老化するのは孤独だが、女友達もだいたい横並びで老化するので、実はそこまで寂しくないのだ。それに意外と便利でもある。

未婚・既婚・子持ち・子ナシ・専業主婦・バリキャリ……など属性は違っても、老化は共通のあるあるネタなので盛り上がる。

先日も女子校時代の同級生と集まったのだが、私以外は全員子持ちだった。その席でも「産後、頻尿がひどくなって」「わかる！　私も子ども産んでから朝までもたない」「私は子ども産んでないけど朝までもたないよ」「マジで？」と頻尿トークで盛り上がり「骨盤底筋を鍛えようぜ！」と誓い合った。

17歳だったＪＫが40歳のＪＪとなり、40歳の地図もなく右往左往しがちだが、みんなで迷うのは案外悪くない。男を喜ばせるための膣トレではなく、己の頻尿＆尿漏れ対策のために股にグッと力を入れながら、ＪＪロードを歩んでいきたいと思う。

目次

40歳を過ぎたら生きるのがラクになった
アルテイシアの熟女入門

このＪＪが男にチヤホヤされたいために
女磨きしてると思っていたのかァーーーーッ!!

「いい年してまだ男にチヤホヤされたいのか」という美魔女批判があるが、全国の熟女たちは**「このＪＪが男にチヤホヤされたいために女磨きしてると思っていたのかァーーーーッ!!」**と岸辺露伴ばりにブチ切れて、一揆を起こしてもいいんじゃないか。

美魔女とはにんにく卵黄のおじいさんと同様、「命を削ってでもキレイでありたい」というアスリート魂の持ち主。たかが男にキレイと思われたいわけじゃなく、全世界から思われたいのであり、何より自分が一番そう思いたいのだ。

かつて資生堂のインテグレートのＣＭが炎上して放送中止になったが、若い女にはキレイにしろと言い、若くない女にはキレイにするなと言い**「うるせえ、黙ってろ」**という話である。

私もメイクやファッションに対して「そういうのって男受けしないよなw」とか言われると「ヘブンズドア!!」とそいつの体をバラバラにバラしたくなる。

たとえば私はジョジョネイルやアナルネイルなど、自分の好きなモノをモチーフにしたネイルをしているが、それは指先にジョジョやアナルがあると元気が出るから。べつに男のためにやっているわけじゃないのだ。

だいたい、中年男性が体を鍛えてファッションに凝ると「美意識の高いダンディなオヤジ」と評価するくせに、美魔女には「ババアはババアらしくしてろ」と批判するなど、非対称にもほどがある。

件《くだん》のCMもそうだが、世の中は「女は若くないと価値がない」というメッセージで溢《あふ》れている。

先日も電車に乗ろうとしたら、駅のポスターに『甲子園　監督さえも　年下くん』と書いてあり、電車に乗るとドアの広告に『なんでだろ？　パステルカラーが　似合わない』と書いてあり、「なんでこんなクソ川柳に脅されなきゃならねんだ、電車ぐらい普通に乗らせろや!」と銃を乱射したくなった。

この女たちの「いちいちうるせえ、黙ってろ!」という怒りに鈍感だから、莫大な費用をかけた広告が炎上して放送中止になり、誰かが左遷されたりするのだ。事前に私に見せてくれたら「あーこりゃクソだわ、左遷だわ」と2秒でチェックしてあげるのに。タダではやらないが、千円くれたらやる。

「女は若くないと価値がない」という風潮に反発して「年齢を重ねた女性の魅力を認めるべき」「私は若作りしたくない、年相応に老けたい」とエイジング派を称するJJもいる。

かくいう私はというと、「他人様《ひとさま》のことはどうでもいい派」のJJだ。

アンチエイジング派で美魔女を目指そうが、エイジング派で年相応に老けようが、人それぞれ好きにすればいい。私は老けてる人を見ても「うん、老けてるね」と思うだけで「もっと努力すればいいのに」なんて思わない。

ただ、他人が老けるのはいいが、自分はなるべく老けたくない。正確にいうと老けるのがイヤなんじゃなく、当社比でブス度が上がるのがイヤなのであり、それは若い頃と変わらない。20歳の頃も太ったり肌荒れしたりすると憂鬱だったように、40歳の今も憂鬱になる。それは男にモテなくなるからじゃなく、自分で自分の姿にガッカリするのがイヤだから。


かといって、努力するのも面倒くさくてイヤなのだ。

私は東でコアリズムが流行ればアマゾンで購入し、西でイージー・ドゥ・ダンササイズが流行ればアマゾンで購入し、未開封のまま3年ほど放置する人間。昨日は好物のレーズンバターを1本食いした。

そんな私は美魔女を見ると「スゲーがんばりやさんだな」と素直に感心する。

雑誌に登場する美魔女たちは「朝ヨガに昼エステ、夜はマクロビディナー」とキラキラした日常を送っており、自分とは住む星が違うように見えるが、名前を見ると

「千恵子」「順子」など一切キラキラしておらず、親近感を覚える。

美魔女への風当たりがキツいのは「同胞に厳しい」という国民性もあるだろう。「欧米のビーチでは中年女性も堂々とビキニを着ている、見習うべき」と言いつつ、白浜海水浴場で日本人の中年女性がビキニを着ていると「ちょ、見てあれ」「正気か？」と囁《ささや》き合う風土がある。にんにく卵黄系の美魔女のように割れた腹筋じゃないと、ビキニが認められない。その理由の1つは「お母さん」を連想してしまうからだろう。

年相応にゆるんだ超熟ボディはあまりに生々しくて「おかあはーん!!」と夕日に向かって叫びたくなる。一部の男性には「オギャりたい」と熱烈に支持されるが、大半の人間は「親の裸とか見たくねえ」と思うものだ。

昔『熟猫怪盗キャッツ・アイ』というAVを見かけたが、パッケージに「六十路越えの長女率いる怪盗三姉妹が罠にかかり、凌辱されて強制アクメ！」と書かれており、母親世代のおばあさんたちがレオタードをハサミで切られる画像が載っていて、胸がいっぱいになった。

熟猫怪盗を見て「ファビュラス！」と絶賛する男性が増えれば、ＪＪの生きやすい社会になるのだろうか。

私も裸で鏡の前に立つと「これでビキニで砂浜を闊歩《かっぽ》したら、何らかの条例に反するのでは？」という気がする。内腿《うちもも》のたるみやヒザのくすみ・カサつきを見ると「お母さん」よりも**「かわいそうな象」**というイメージが浮かび「ビキニ姿で戦争の悲惨さを連想させるのはまずい」と感じる。

ともあれ、私を含む世のＪＪたちは美魔女ともてはやされたいわけじゃなく、ただ平和に暮らしたいのだ。村の牧人として笛を吹き、羊と遊んでいたいだけなのに、邪智暴虐どもが「劣化ｗｗｗヒャッハー!!」と騒ぎ立てる。

かくいう自分も「悲報ｗｗｗ芸能人の○○劣化（画像付き）」系の記事をついクリックしてしまうが、「ヒャッハー」「ざまあｗ」ではなく、「諸行無常」「人生の儚《はかな》さや悲しみ」といった思いを噛みしめる。

そして「はじめに」で述べたように、歯を噛みしめると歯ぐきに負担がかかる。あれを読んだ歯科医の女友達から「歯のかぶせの寿命は約10年だから、年をとると普通に生きてるだけでかぶせがとれるのよ」と言われた。

普通に生きてるだけでかぶせがとれるＪＪは、歯磨きだって男にチヤホヤされるためにやっているわけじゃない。「とても50代には見えない美魔女だが、総入れ歯」とかだと、美味《うま》い肉も食えないからだ。

繰り返すが、メイクだって男にモテるためにしているわけじゃない。

私はバーで飲んでる時にしょっちゅうグロスを塗りなおすが、濡れた唇で男を誘ってるわけじゃなく、唇が乾燥して話せなくなるからだ。**「全体的に水気がなくなる」**もＪＪあるあるなので、バーには加湿器を置いてほしい。

また、たまに飛んできた小虫がグロスにくっついたりして、人間ウツボカズラと化す。そんな妖怪じみたものに化さないために、虫コナーズも置いてほしい。

かつて雑誌ニキータが「コムスメに負けない！」と煽《あお》っていたが、大半のＪＪは若い娘さんに対抗しようなんて思ってない。むしろ年をとると、若い子がみんな自分の産んだ子どもに見える現象が起こり「かわいいなあ」と目を細めるのだ。

私も結婚式でノースリーブのワンピース姿の娘さんたちを見ると「かわいいなあ」「昔は自分も着てたなあ」と目を細める。同じ服を40歳の私が着ると**「太ってるのに寒がり」**というＪＪあるあるが発動して、たるんだ二の腕にサブイボという幾重にも悲しい景色になる。

またＪＪが黒いワンピースを着ると喪主感が発動して、しめやかな空気が漂うので、気をつかって明るい色を着ているのだ。

「いい年したおばさんが派手に着飾って」などと揶揄《やゆ》するおっさんは、ＪＪの呪《のろ》いで来世は小虫に生まれ変わるだろう。

要するに、人にはいろんな事情があるのだ。

昨今、電車内での化粧に議論が巻き起こるなど「いちいちうるせえ、ほっといたれよ」と感じることが多い。「フランスでは老若男女が電車や街角でイチャついてる」という話に「さすがアムールの国！　ヒューヒューだよ！」と称賛するくせに、自国のカップルがイチャついてると「みっともない」と眉をひそめる。そんな一億総小姑社会では、若者が自由に恋愛できなくなるのも無理はない。

私は「ケツの穴のちいせえこと言わず、大らかにいこうや」という主義なので、イチャつくカップルにも寛大だ。自宅マンションの駐輪場で高校生カップルがイチャついていた時も、自転車に寄りかかって抱き合う二人を「うむうむ、よきかな」と見守っていたが……**「それワシの自転車やないかッ！」**。

そのカップルが去った後、サドルに汁がついてないか入念にチェックした。ここで「汁ぐらいかまへん」と言える豪放磊落《ごうほうらいらく》なＪＪになるべく、ケツの穴を広げていきたいと思う。

地下鉄の窓に映る自分を見て「亡霊!?」とギョッとするＪＪは疲れている

キラキラ女子の出現により、キラキラという言葉には「承認欲求の鬼」的なイメージがついたが、本来は「いくつになってもキラキラ輝き続ける女性」というように、肯定的な意味で使われていたのだ。

しかし、キラキラ輝き続けるのは疲れる。

地下鉄の窓に映る自分を見て「亡霊!?」とギョッとするＪＪ（熟女）は、通勤電車で立っているだけでやっとなのだ。「仕事にプライベートに全力投球」とか言われても、全力投球すると肩を壊すし、ヘタしたら心臓発作で死ぬ。

私も20代の頃は全力投球していたような気もする。仕事帰りに合コンに参加して泥酔してゲロ吐いて道ですっ転んだりしていたが、いまや素面《しらふ》の時でも転ぶし、転んだ時に受け身もとれない。

「何もないところで転ぶ」もJJあるあるだ。ここが乙女ゲーの世界なら「バーカ、お前ってほんと抜けてるよな」とイケメンが助けてくれるが、課金システムのないこの世界では震えながら自力で立ち上がるしかない。

同い年の女友達は「何もないところで転んだ後、10日間ほど傷口から汁が止まらなかった」と証言する。40歳は新陳代謝の落ちるお年頃、かさぶただって簡単にはできないのだ。

そんなJJのヒザは年季の入った古傷にシワや黒ずみも加わって「ヒザ小僧」ではなく「ヒザ大僧正」と呼びたい迫力がある。

ヒザ大僧正をすりむく程度ならまだマシで、酔って転んで大ケガした40代の知人男性もいる。冗談じゃなく命取りになるのだから、「キラキラ輝け」「全力投球」といった言葉は無視して、**「死なないこと」**を第一優先にした方がよい。

JJに限らず、ここはどの世代の女にとっても疲れる世界なのだ。

政府はチャウシェスク政権かというぐらい産めよ増やせよ言うてくるし、一昔前は「女は結婚出産して家事育児しろ」だったのが「女は結婚出産して家事育児しながら仕事でも活躍してキラキラ輝け」と無理難題をふっかけてくる。

「無茶言うな！　お前がやってみろ！」と女たちが挙兵したくなるのも無理はない。

そもそも結婚出産なんて他人がとやかく言う話ではないし、言われれば言われるほど「テメーらの思い通りになってたまるかよ！」と戦の火蓋《ひぶた》を切りたくなるもの。

私も外道坊のコスプレで武装尼軍団を結成し、錫杖《しゃくじょう》やホラ貝片手に大暴れしてみたい。それだと迷防条例に引っかかるのなら、国会議事堂に向けて一斉に屁をぶっ放すのはどうか。

外道坊に憧れるＪＪもいる一方で、世間のプレッシャーに疲れ果て「そうだ、インド行こう」と三蔵法師化するＪＪもいる。日本よりインドの方がよっぽど疲れる気もするが、「人は土から離れては生きられないのよ」と小豆島とかに移住して、田舎暮らしを始めるＪＪもいる。

「ありの～ままで～」がヒットしたのも、みんな疲れているからだろう。昭和のＪＪは「ＣＧじゃない昔のディズニーの方がよかったな～」とか思ってるうちに映画が終わるのだが、「言いたいことも言えないポイズンな世の中で、私もありのままに生きてぇ」とエルサに共感したＪＪも多いはずだ。

だがＪＪがありのままに白髪を伸ばし放題とかすると、エルサではなく山姥《やまんば》になる。白髪がサマになってるＪＪもいるが、高級ハイブランドかモード系のハイファッションでビシッとキメて、「私は凡百のババアとは違うのよ」というプライドが垣間見《かいまみ》え、ありのままとは真逆のベクトルに思える。

かつては私もビシッとキメたババアに憧れた。具体的に言うと、ＳＡＴＣ（セックス・アンド・ザ・シティ）のサマンサになりたかった。サマンサこそ仕事にプライベートに全力投球で、いくつになっても輝き続ける、キラキラＪＪ代表のような存在だ。が、いざ四十路を越えると「自分には無理」と実感した。

まずあんな裸みたいな格好で出歩くと、一発で風邪を引く。極寒のNYよりだいぶ温暖な近畿地方の冬でも、私はワンピースの下にババシャツを着て、カイロを3枚貼りして出かける。無論カイロはミニじゃなく大判サイズだ。

映画版『SATC』に、サマンサが女体盛りして恋人の帰りを待つシーンがある。サマンサ役の女優さんがインタビューで「寿司を冒瀆《ぼうとく》するなって日本のファンに怒られないかしら」と語っていて「いやそこまで寿司に思い入れねえし」と思ったが、もし私が女体盛りをしたら風邪程度ではすまないだろう。**「魚介まみれの全裸変死体」**として冷たくなって発見され「熟女Aに一体何が？」と報道されるのがオチだ。

そんなオチは困る。死なないことを第一優先に考えるJJとしては**「キラキラしなくていい、みんなもっと横になろう」**と提唱したい。

疲れた時はエステやヨガや温泉に行ってリフレッシュするという人も多いが、そもそも服を着て外出するだけで疲れるし、人と会話するのも疲れる。そんな時は家で横になってるのが一番だ。

私は40歳になった時「自分に甘く生きよう」と決意した。もともとストイックではなく、若返りに励む美魔女を見て「スゲーがんばりやさんだなあ」と感心しつつ「人魚の肉を食いたい」「石仮面をかぶりたい」と楽することばかり考える性格なのだが。

だが真面目で勤勉な日本人のはしくれ、仕事に関しては「がんばらねば」とつい思ってしまう。がんばるのはいいことだが、電撃ネットワークのゴムパッチンのように限界ギリギリまでやらないと「がんばってない自分はダメなんじゃ」と罪悪感を抱く。それがイヤだからと無闇にがんばって「疲れた……」が口癖のまま棺桶に入る。そんな余生は真っ平ＤＥＡＴＨ!!　と思ったのだ。

そこで仕事も無理しないようにして、率先して横になるようにしたら、健康診断で「すこぶる健康」と太鼓判を押された。

ＪＪは体の疲れだけじゃなく、気疲れも多いお年頃。

ＪＪ仲間が集まると「部下や後輩に威圧感を与えちゃいけないと思って、笑顔で優しく接してるのに、なぜか怖がられる」「わかる！　蓮舫みたいに青筋たてて話してるわけじゃないのに」という話になる。

「なぜみんな私を怖がるの？」と哀しきモンスターのように嘆く彼女らに「しかたないのよ、原因はドスだから」と答える私。ヤクザの親分が笑顔で優しく接しても「怒らせたらタマとられるんじゃ？」とビビられるように、幾多の修羅場をくぐってきた経験から**「無意識にドスが効く」**のもＪＪあるあるだ。

若い男と接する時は特に気をつかう。

40になると親心が発動して若者に親切にしたくなるのだが、相手がうっかりイケメンだったりすると「ババアが若い男にギラギラしてw」と揶揄する輩《やから》もいる。そんなジジイ共は「テメーが若い女にギラギラしてるからって一緒にすんなダボが！」と虹村億泰のように睾丸を削り取ってやるといい。

とはいえ、自身も「ギラギラしてると誤解されたらどうしよう」と気になるのは事実。そんな時は「理想のタイプは四部以降のジョセフ・ジョースター」と宣言して、若い男に興味ないアピールをするのがおすすめだ。

「ババアもキラキラしろ」だの「ババアはギラギラするな」だの「うるせえ!!」と屁をぶっ放したくなる世の中だが、屁を放つ気概があるだけマシなのかもしれない。

若いお嬢さん方と話してると「タラレバを読んで死にたくなりました……」と、屁も出ないほど弱ってることも多い。結婚出産のプレッシャーなどJJ世代よりずっと強いだろうし、気の毒で胸が痛む。

だが**「お嬢さん方、安心なされよ」**と拙僧は言いたい。

タラレバの中に、10年後の40代の自分たちが現れて「私達、毎週3人でバスツアーで千葉とか行ってるの、もうそれしか楽しみがないの」「残念な未来でごめんね」と告げるシーンがある。そんなの読んだら未来は真っ暗闇と思うだろうが、現実はそうじゃないから。

先月、私は女友達3人と赤穂に牡蠣《かき》ツアーに行ったが、メッチャ楽しかった。タラレバでは若いモデルの男が「いい歳こいて女同士でつるんで騒いで」「一体何のために歳取ってるんだ」と主人公たちをディスるが、「この世に女同士でつるんで騒ぐ以上の喜びがあるのか？」と鼻フックしながら問いたい。

女友達のいる未来は明るい。それに友達はいくつになっても作れるし、女の友情にタイムリミットはない。

寒さに弱い、疲れやすいＪＪにはメリットもある。

今年のハロウィンはＪＪ仲間が我が家に集まり、みんなでカボチャを炊いて食べた。「これで柚子湯に入れば冬至だね」とゴロゴロ横になりながら過ごしたが、それもめっぽう楽しかった。

コスプレして街に繰り出し、その画像をＳＮＳにアップしていいね！をもらわなくとも、満足できる。というか「寒いし疲れるし、そういうのはもうええわ」と心から思うようになるのだ。

キラキラ女子も承認欲求が産んだ哀しきモンスターなのだろうが、キラキラ女子じゃなくとも「幸せそうって思われたい」「ミジメで不幸と思われたくない」と悩める娘さんは多いだろう。でも大丈夫、ＪＪになると「承認欲求とかどうでもいい、とりあえず横になりたい」と思うようになるから。

そんなわけで、２０１７年もキラキラではなくぼちぼちとＪＪライフを送りたいと思う。

処女の生き血を浴びるＪＪは元キラキラ女子かオタサーの姫か

前前前世のように遠い記憶だが、中学時代にサガンの『ブラームスはお好き』を読んだ。

その中で39歳のヒロインが25歳の恋人に「私もうおばあさんなのよ」と告げるシーンがあり、当時の私は「へえ、39歳っておばあさんなのか」と思った。

今でこそ「成熟した女性の魅力を認める国」代表に選ばれるフランスにも、かつては「30過ぎたら女はババア」というタラレバ的価値観があったのだろう。

ちなみに知り合いのフランス人が「日本人はフランスに夢を見すぎだ、べつに10着の服で暮らしてねえし」とボヤいていたので、我々はオスカルばりに「フランス万歳……!!」と称《たた》えすぎなのかもしれない。

とはいえ、やはり日本ほど「女は若くないと価値がない」という風潮は強くないだろう。

その風潮に乗せられて「若さこそ正義！　ババアに生きる価値なし！」とババアを弾圧する若い女子も見かけるが、その言葉はいずれブーメランになって返ってくる。

自分が進む道にウンコを並べていると、そのウンコで滑って転んで糞まみれになるのは自分だ。

若さこそ正義だと信じていると、いざ年をとった時に生きづらい。

以前「女がみんな男にチヤホヤされたいわけじゃねえぞ！」と屁をぶっ放したが、「いくつになってもチヤホヤされたい」と望むＪＪも一部に存在する。

その手のＪＪは年をとってチヤホヤが減った不満から、若い女に嫉妬《しっと》しがちだ。それがいきすぎると、毒リンゴで暗殺を謀ったり処女の生き血を収集するなど、破天荒な行動につながる。

白雪姫の継母も女吸血鬼エリザベートも、かつては若さと美貌でチヤホヤされたキラキラ女子だったのだろう。それゆえ昔取った杵柄《きねづか》を忘れられず「あのチヤホヤをもう一度!!」と渇望するあまり、メンがヘラってしまった。

そう考えると、若い頃チヤホヤされなかった方が、無いものは減らないので幸せと言えるかもしれない。

「女はチヤホヤされて得だよな」という意見があるが、世の中にはチヤホヤされない女もいるし、チヤホヤされたくない女もいる。私の周りは「べつに好きでもない男にチヤホヤされたくねえし」という女が多い。

チヤホヤ願望は個人差が大きく、白雪姫の継母やエリザベートは「安西先生、チヤホヤされたいんです……!!」というオタサーの姫タイプだったのかもしれない。

河童と同様、私はオタサーの姫を肉眼で見たことがないが、彼女らもただボサッとしているわけじゃなく、全然興味のない話にも「すごい詳しいねー♡」とボディタッチの1つでもして、童貞の尻子玉を抜いているのだろう。

チヤホヤを得るためにはサービスが必要なのだ。

「若く美しい女は生きてるだけでチヤホヤされる」と思われがちだが、そうとは限らない。

私の友人に「生まれてこの方、一度もチヤホヤされたことがない」と豪語する美JJ（美熟女）がいるが、たしかに彼女は若い頃からチヤホヤされていなかった。

たとえば「俺ポルシェに乗ってるんだよね」と言われて「わーすごいですね♡」じゃなく「へえ」と返すと「こいつには自慢し甲斐がない」と思われる。同様に「今日も美人だね」と言われて「そんなこと言ってくれるの○○さんだけですよ〜♡」じゃなく「はあ」と薄いリアクションを返すと「こいつにはチヤホヤし甲斐がない」と思われる。

つまり男に無駄な愛想を振りまかない女は、「チヤホヤしても期待した見返りが得られない」と判断されるのだ。

おまけにその友人は、しょっちゅう豚鼻が鳴る。私のようなデブが鳴らすと「そういう鳴き声なんだな」と納得されるが、美人の豚鼻はインパクトがでかい。また「貝にあたって3日間ウンコが止まらなかった！　ハッハッハーフガッ」とか平気で言うため、ギャップ萎えが激しいのだろう。

それに彼女を含め、チヤホヤ願望の薄い女は「今日も美人だね」と肩に手をおかれると「チヤホヤ」ではなく「セクハラ」と認識する。

「昔はコンプライアンスがゆるかったよね」と過去を振り返るのもJJあるあるだ。今でもセクハラは存在するが、私が20代の頃は図々《ずうずう》しいオッサンがもっと多かった気がする。

相手が仕事関係だとそう無下にもできないし、「今度メシ奢《おご》るよ」と言われて「だが断る」とキッパリ拒否するのも難しい。

それで食事を奢られた帰り道、手を握ってきたり、抱きしめてくるオッサンもいた。「抱きしめてきた挙句、尻を両手でつかんで、パカッと割るオッサンもいた」と証言するJJも多い。

尻を割られた者同士で「オッサンはなぜ尻を割るのか?」「おぼっちゃまくんみたいにアナルに金塊が埋まってるとでも思ってるのか?」「一般人のアナルに埋まってるのは金塊やない、ウンコやぞ」と話し合ったものだ。

ウンコを自在に爆弾に変える、もしくは屁で空気弾を飛ばすスタンド能力があれば、彼らの指を粉々にしてやったのだが、当時の私にそんな能力はなかった。

だが今は昔に比べるとコンプライアンスがマシになったようで、広告会社時代の同僚は「オッサンたちも昔ほど図々しくないよ。実際、セクハラで減俸や降格になった人もいるし」と話す。「尻を割ったら斬首」など取り締まりを強化して、若いお嬢さん方を守ってほしい。

若いお嬢さん方に向かって「今が人生で一番いい時期なんだから、キレイにしなきゃ損だよ」とお節介を焼く輩もいるが「うるせえ、ほっとけよ」という話だ。

「今が人生で一番いい時期」と呪いをかけるから「ババアになったら人生終わり」と強迫観念に苦しむ女子が増えるのだ。

ババアになっても人生は続く。むしろ、これだけ寿命が延びると「ババアになってからが本番」ぐらいに思っていた方がいい。

「ババアになったら人生終わり！　チヤホヤされてナンボ！」と生きてきたＪＪは、投げたウンコが自分に返ってきて苦しむ。一方「尻を割らせろとか見返りも求められないし、年をとって楽になった、ババア最高！」と加齢を前向きに受け止めるＪＪもいる。

そういうＪＪは若いお嬢さん方に嫉妬しないし、若い子がみんな自分の産んだ子どもに見える現象により「カワイイなあ」と目を細めるため、年下の女友達にも恵まれる。

そもそも過去に執着して若さを妬《ねた》むのは、現在の自分が満ち足りてないからだろう。

白雪姫の継母もエリザベートも一日中鏡ばかり見てないで、趣味でも作ればよかったのだ。

周りの楽しそうに生きているJJは、何らかの趣味を持っている。豚鼻の友人は陶芸と園芸にハマっているし、腐女子になって四半世紀という友人もいる。宝塚やアイドルにハマっているJJは、全国に遠征して津々浦々にファン仲間がいて楽しそうだ。フィギュアスケートにハマっている友人は世界中を遠征している。

彼女らは「男にチヤホヤされない」とくすぶってるJJよりよほど充実した日々を送っているし、「男や世間が何と言おうが、自分はこれが好き！」と言えるものがあるJJこそ、真のリア充なのだろう。

今や日本人女性の平均寿命は87歳、趣味でもないと人生は長すぎる。かつ、これだけ人生が長くなると「そら我々も成熟しないよな」と思う。

「実年齢に精神年齢が追いつかない」もJJあるあるだが、私も40になってウンコとかアナルとか言ってるとは思わなかった。フランスのJJはもっと成熟していて、ウンコとかアナルとか言わないのだろうか。私の周りにアホが集まってるだけだろうか。

数年前、女友達3人で温泉に行った夜に「ヅカメイクしよう」という話になり、宿の部屋でキャッキャと宝塚風のメイクをした。ついでに**星ヴァギナ・鏡ワレメ・釈はち子**と芸名を考えて、「人間はそのウンコ1つ、アナル1つにいたるまで自由であるべきなのだ！　市民諸君（シトワイヤン）！」とベルばらごっこに興じた。

何らかの病名がつくのでは？　と不安になるほど子どもじみているが、病名がつくとしたら「平和ボケ」だろうか。今ベルばらを読み返すと、34歳のオスカルを見て「めっちゃ大人やな」と感心する。ちびっこのル・ルーですら私より精神年齢が高いと感じる。

現代女性は何かと生きづらいが、少なくとものんびり温泉につかれるのは、戦争や革命など生き死にに関わる危険がないからだろう。

なんだかんだ言って、いい時代に生まれたよな……と感謝しつつ、私は今月も温泉に行く。毎日寒くて死にそうだから。

プロシュート兄貴のスタンドは冷えると老化が止まるが、ＪＪ姉貴は冷えると死期が早まる。かといって熱い湯に飛び込むとヒートショックで心臓が止まる危険があるので、皆さん気をつけて。

死なないこと第一優先でのんびり湯に浸かろうではないか、ＪＪ諸君!!

「さすがＪＪ！　俺たちにできないことを平然とやってのけるッ」と称えられるＪＪ力とは？

「老人力」という言葉がある。ウィキ先生によると「老化による衰えというマイナス思考を〝老人力がついてきた〟というプラス思考へ転換する逆転の発想」なのだとか。

それでは、ＪＪ（熟女）力とは何か？　というテーマでＪＪ仲間と語り合った。

まず、ＪＪあるあるとして「忘れっぽくなる」が挙げられる。「お前は今まで食ったパンの枚数を覚えているのか？」と聞かれても、ＪＪは今朝食ったパンの枚数も思い出せない。

女友達が集まると「最近ハマってるドラマがあってさあ！……えーと何だっけ」と君の名は状態となり、スマホで検索する景色がよく見られる。医者の女友達は「病名を説明しようとして『えーと何だっけ』と呟《つぶや》き、患者を不安にさせてしまう」と話していた。

忘れっぽくなることは不便ではあるが、「イヤなことも忘れる」というメリットもある。

承太郎は敵にされた仕打ちを「忘れっぽいんでな、メモってたんだ」と話していたが、ＪＪはメモってることすら忘れる。私も若い頃はイヤなことがあると何日も引きずったが、今は一晩寝ると落ち込んでることを忘れる。

「恨みを忘れない」が座右の銘の私は、元彼にされた仕打ちを忘れず末代まで呪う気満々だが、肝心の元彼の名前を忘れていたりする。これではデスノートを入手しても活用できないが、「マイナスな感情を手放しやすい」のはＪＪ力と呼べるだろう。

「ＪＪになると謙虚になる」という意見も挙がった。たとえば仕事でミスがあった時、若い頃は「これ誰が間違ったの？」と他人を責めたが、今は「ゴメン、私が間違ったかも！」と真っ先に自分を疑って謝る。

たしかに、ＪＪになるとうっかりミスが増える。作家は本を出版する前、校正さんが誤字脱字や文章の間違いをチェックしてくれるのだが、加齢とともにゲラの赤字が増えていると感じる。

私の場合 **「チンポ、チンコ、統一表記しなくてＯＫ？」** といった赤字がよく入り、校正さんに申し訳ない気持ちでいっぱいになる（ちなみに「ウンコ、うんこ、片仮名に統一？」という赤字もよく入る）。

実を言うと、仕事でミスした際「ゴメンゴメン！　ほんとゴメン！」とゴメンを連発しつつも、ＪＪ本人はさほど気にしてないのだ。というのも40年も生きてると失敗に慣れるし、「失敗しても死ねへん」と図太さも身につく。なにより「私、失敗しないので」と思ってるより「私、メッチャ失敗するんで」と思ってる方がダメージは少ない。

若い頃と違って、失敗を恐れなくなるのもＪＪ力の1つだろう。

「ＪＪになって、素直に人に聞けるようになった」という声も挙がった。

たとえば私はＩＴ音痴なのだが、昔は「こんなこと聞いたらバカにされるかも」と聞けなかったことも、今では「年寄りだからわからないの、教えて」と聞けるし、相手も優しい孫のように教えてくれる。

生まれた瞬間から携帯やパソコンがあった若者にとっては、祖母にらくらくホンの操作を教えるようなものだろう。

私が新入社員だった頃、ようやく１人１台パソコンが支給されるようになった。今ではクライアントに資料をメールするのが普通だが、先輩たちは手書きの資料を持参していたらしい。そんな話を若者が聞いたら「江戸時代の話ですか？」と仰天するだろう。

ちなみにメンノンモデル時代の沢村一樹が、デスクトップパソコンを小脇に抱えてポーズをとる写真を見て「重いやろ」とつっこんだ。

なんにせよ、わからないことは聞いた方が早いし、「無意識にドスが効いて怖がられる」もＪＪあるあるなので「わからないの〜」と素直に聞く方が近寄りやすさもアピールできる。

「ＪＪは肉体的には衰えるが、そのぶん注意深くなる」という意見もあった。

たしかに昔はダッシュで階段を駆け下りたが、今は「足がもつれて転落死」のリスクがよぎって「死ぬより遅刻する方がマシ」と無茶をしなくなった。

去年のクリスマス、我が家に同級生が集まり「みんなで讃美歌を歌おう」という話になった（我々はプロテスタント系の女子校出身）。その時も「待って、歌う前にリップ塗るわ！」と全員一斉にぬりぬりしはじめた。ＪＪは水気がなくなるお年頃、**「ガチで歌唱すると唇が裂ける」**というリスクを考えての行動だ。

おまけに肺活量も衰えるお年頃なので、イエスの誕生を祝う歌を歌いながら、みんな息も絶え絶えになっていた。

乾燥しがちなJJだが、粘膜系は特にヤバい。若いお嬢さん方にお伝えしたいのは**「小陰唇もかゆくなる」**という事実だ。

これが20代なら「性病⁉」とおののいたものだが、40代の私は「冬場だから乾燥してるのね」と速やかに化粧水で潤している。ハリのあるプルプルの小陰唇を保ちたければ、若い頃からの保湿ケアがおすすめだ。

股間がかゆくても死なないが、階段落ちとかするとリアルに死ぬ恐れがある。そのため「注意一秒、怪我一生」を標語に生きるJJだが、さらに年上のBBA先輩方はそうでもないらしい。

以前、電車に乗っていたら、扉が閉まる寸前に80代ぐらいの老婦人が駆け込み乗車してきた。「おばあさん、無茶だッ……！」ととっさに駆け寄り、みずからドアに挟まってかばった私。「いま私、北斗の拳のトキみたい」と思ったが、「トキみたいな姿に惚れました！」とエルメスの茶碗を送ってくれる人はいなかった。

無茶な道路の横断なども高齢者に多いイメージがある。年をとって判断力が鈍るのか、はたまた死をも恐れぬ武士《もののふ》魂が芽生えるのか。

JJ力に話を戻すと、独身の友人たちは「結婚出産のプレッシャーから解放されて自由を手に入れた」と言う。40を超えると周りもやいやい言わなくなり「やっと自分の好きに生きられる、加齢最高！」と寿《ことほ》ぐJJも多い。

「老後が不安だから結婚すべきかも」と悩むお嬢さんは多いが、年をとるとむしろ不安は減っていく。というのも、一番の不安は「友達は全員結婚して自分だけ取り残されたらどうしよう」だと思うが、40超えて独身の女友達はめったに結婚しない。この年まで独身で来たJJは「自分は結婚に向いてない、シングルイズベスト」と気づき始めるからだ。

そしてJJ仲間のありがたみが身に染みるようになる。

親も鬼籍に入る世代に突入し始め「遠くの親戚より近くの他人、一番頼りになるのは女友達」と実感して、女同士で「入院したら替えのパンツも持っていくし、手術の同意書も書くから！」と言い合い、老後のシェアハウス計画も現実味を帯びてくる。

腐女子の友人は「腐老人ホームを作って、80になってもカップリングでケンカとかしたら楽しそう」と語っていた。

明るい老後をイメージできるようになるのも、ＪＪ力と言えるだろう。


個人的には「意識が低くなること」もＪＪ力だと感じる。

若い頃は「つねに前向きに成長して充実した日々を過ごさねば」などと思いがちだが、ＪＪになると**「調子悪い時もあるわいな」**とダメな自分も受け入れられる。

「人生、晴れたり曇ったり。雨や嵐の日もあるけれど、いずれまた陽《ひ》は射す」と達観できるのは、ヒザが痛んだり目がかすんだりして「いつも絶好調でいるのは無理」と体感するからだろう。


田中圭一先生の『うつヌケ』にも「うつ病の再発は若くてエネルギーのある人ほど起こりやすい」「加齢とともにエネルギーが低下して症状が落ち着くことはよくある」と書いてあった。

私も若い時分は物事を深刻に考えがちだったが、今はそんな体力もないため、**「考えるのをやめる」**というカーズ方式を採用するようになった。

「俺たちにできないことを平然とやってのけるッ」と称えられるJJ力とは？　と考えてみたが、JJは肉体の衰えによりできないことが増えることで、むしろ生きやすくなるんじゃないか。

なおかつ、肉体の衰えがプラスに働くこともある。

20代の頃「私の足はクサい、靴を脱いだらスプリンクラーが作動するかもと不安になるほどクサい」と豪語する女友達がいた。

彼女から「足のクサいOLのブログを書こうと思う、いろんな消臭グッズを試して効果を検証するのはどうだろう」と相談されて「いいね、足クサOLブームが来るかもよ！」と応援したのだが、当時の恋人に「何のためにそんなことするんだ」ともっともな反論をされて実現しなかった。

その恋人と結婚して40歳になった彼女に「足のクサい人妻のブログを書いたら?」と提案したところ「それが最近、強烈なクサみがなくなって」と返ってきた。JJは新陳代謝の落ちるお年頃、ニオイの分泌も減ってくるのか。

同世代の男友達も「昔は1日風呂に入らないとチンポがクサくなったが、今は3日ぐらい平気だ」と語っていた。

彼は20代の頃、飲み会で出会った女子の部屋に行った際「俺のチンポ、クサいかも」と不安になり、洋式トイレの便座によじ登って、タンクの上の蛇口でチンポを洗ったという。しかも洗ってる最中にバランスを崩して足をすべらし、便器に片足をつっこんだという。

「ズボンのすそがビショビショになって、トイレから出て『酔っ払ったかな? トイレにハマっちゃったよ』と誤魔化《ごまか》したんだよね」という彼に「人間はどれだけ酔っ払っても洋式トイレにハマらないと思うぞ」と返した。

最後はチンポの話になったが、「チンポ」と表記統一したので、この連載が本になる際は校正さんの仕事を減らせるだろう。でもきっと誰も褒めてくれないので「こんな気づかいができるようになって、私もＪＪ力がついたなあ」と自分で自分を称えたいと思う。

「いくつになっても恋していたい」と言うＪＪは、若い頃から三度の飯より恋が好きなＪＪ

今回のテーマは「ＪＪ（熟女）と恋愛」。

「いくつになっても恋していたい」と言うＪＪは、若い頃から「三度の飯より恋が好き」という恋愛体質の女だろう。若い頃から恋愛体質じゃなかった女が、年をとって体質が変わることはめったにない。

非恋愛体質の女が「ずっと彼氏がいない」等と発言すると、合言葉のように「どうせ理想が高いんだろ！」と返されがちだが、彼女らの多くは理想が高いんじゃなく、お腹が減ってないのだと思う。

お腹ペコペコだとどんな食べ物でも美味しそうに見えるし、たとえ冷や飯を出されても丼でガツガツいくが、お腹が減ってないと魚沼産コシヒカリでも「べつに今食べたくないし」と手が出ないものだ。

そして食欲旺盛な人もいれば食の細い人もいるように、性欲にも個人差がある。

「炎が消える寸前に燃え上がるように、女は40を超えると性欲に火がつく」とよく言われるが、これは男の考えたファンタジーじゃないか。

官能小説に出てくる熟女は、何かといえば体がカッと火照《ほて》り、秘園がズクズク疼《うず》くが、周りのJJたちは「火照らないし、疼かないねえ」という**鎮火派**が多い。かつてお盛んだったJJですら「20代は煙が上がるぐらいヤリまくったけど、今はもうそんな性欲はない」と証言する。

実際、テストステロン（性欲を司《つかさど》るホルモン）の分泌のピークは男女ともにハタチ前後で、その後はじょじょに減っていくらしい。

「炎が消える寸前に燃え上がるのよ！」とメラメラしているJJも存在するが、彼女らの多くは「もう男に相手されなくなるんじゃ」「性的対象にされなくなるんじゃ」という、**精神的な焦り**からガツガツしているように見える。

世の中には「男に性的対象にされてこそ女、じゃなきゃ女じゃなくなる」と考える女もいる一方、「いや生物学上、女だったら女だろ」「好きでもない男に性的対象にされてもウザいだけ」と考える女もいて、後者の方が焦りに振り回されず、平和なＪＪライフを送れるのは確かだ。

また、世代的なものも関係するだろう。

私の少し上がバブル世代で、私自身は就職氷河期世代だ。若者にしたらミソもクソも一緒だろうが、当事者的には「一緒じゃない、だいぶ違うぞ」と主張したい。

バブル世代と接していると「恋愛やセックスのない人生なんて！」という**恋愛セックス至上主義者**が多いと感じる。

〝バブルと寝た女〟を自称する先輩が復活したマハラジャに行ったらしいが「まさに

イケドンの老人ディスコって感じで、ものすごい熱気だった。50代の女たちがお立ち台でガンガン踊ってて、二の腕の揺れがすごかった」と話していた。

「二の腕の揺れがすごい」もJJあるあるだ。私など振袖どころか暖簾《のれん》状態で「よっ大将！」と常連客が入ってきそうだし、二の腕の引き締め体操をしようが**「効かぬのだ……！」**とラオウのように涙している。

ラオウはさておき、私の周りは非イケドンで鎮火派のJJが多い。

恋愛もセックスも干支《えと》が一回りするほどご無沙汰という友人もいて、彼女に「もし今後セックスしなければ、直近にしたのが生涯最後のセックスになるよね」と言うと「直近っていつだっけ、子・丑・寅……」と指折り数えてから、カッと目を見開き「あれが生涯最後のセックスなんてイヤ!!」と叫んでいた。

とはいえ「記録を上書きするためにセックスしてみる?」と聞くと「え〜面倒くさいし」と鈍い反応で、「我が生涯に一片の悔いなし！」と散るためにヤッてやる、という闘気は出てこなかった。

それに、恋愛もセックスも相手がいるものだ。

20代の頃は30代の男性を紹介されたように、40代になると50代の男性を紹介されるようになる。若い頃、50代のおじさんと飲みに行ったらギター片手にビートルズを弾かれて困惑したが、ビートルズどころかずうとるびも知ってる私は、今や立派なおばさんである。

しかし**「私がおばさんになっても、おじさんがお父さんに見えてしまう」**もＪＪあるあるなのだ。

独身のＪＪ仲間が「この前紹介された人、やたら胴が短くて」と言うので「足が長いんじゃなく？」と聞くと「いやベルトの位置が高くて」という話で「要するに、股上が深いのだな」という結論になった。

股上が深くても交際に支障はないが、股上の深いズボンにポロシャツをＩＮされると〝休日のお父さん感〟が強すぎて「お父さんとはキスとかセックスとかできないし」とインセストタブーを感じてしまう。

ちなみに声楽を教えている女友達が「若い男子のレッスン中に『お腹に力を入れて！』とポンと叩いたら、チンポだった」と話していたので、ローライズのズボンを腰穿《こしば》きされるのもややこしい。

チンポはさておき、彼氏が途切れないＪＪは若い頃から老け専だった率が高い。以前登場した**「カツラ田カツオさん」**と付き合う女友達も、ハタチの頃から40代と付き合っていた筋金入りの老け専だ。

当人いわく、ヅラ男性との恋愛は非常にスリリングだという。

まず、強風の日は「飛んでいくんじゃないか」とハラハラする。また付き合った当初、カツラ田氏は温泉旅行に出かけてもヅラをとらなかったらしい。

朝、彼女が寝ていると思った彼は、障子の裏にサッと隠れて、次の瞬間**「パチパチパチッ」**という音が。障子に映る必殺仕事人風のシルエットを見ながら「留めはみっつ……！」と頷《うなず》いたという。

交際半年後にバリ島旅行に出かけた時は、空港の手荷物検査で3つの留め金が探知されるんじゃないかとハラハラ。バリ島に到着後、眩《まぶ》しい太陽が照りつけるビーチで、ヅラと地肌の間からは滝のような汗が流れている。そんな状況で「じつは俺……ヅラなんだ！」と告白されて「メッチャ知ってる」と思いつつ「そうだったの⁉」と驚いてあげたんだとか。

というエピソードを読んで「まあ刺激的！　私も老け専に転向しようかな」と思う読者はいないだろう。好みとは簡単には変えられないものだ。

ジャニーズ系が好みのJJが、いくらジャニーズ出身でも、おりも政夫を好きになるのは考えにくい。JJ本人も「夢見る熟女じゃいられない、年相応におじさんと恋愛するしかないのか」と考えがちだが、実はそうとも限らない。

昨今、年下男のハートを射止めるJJが増えている。その代表格と言えば、我らが川崎貴子先輩だろう（川崎貴子さん……女性向けコンサルティング会社の社長。「女のプロ」の異名を持つ）。

先輩は元ダンサーのイケメン年下夫と結婚されているが、ご夫君は妻と初めて会った時に「胆力があっていいなと思った」と語ってらした。胆力萌《も》えしてくれるなんて、JJ冥利につきるというもの。

この世には「若い頃より今の方がモテる、それも年下男に」というJJが存在して、彼女らはざっくり言うと**「女傑系」**と**「菩薩系」**に分けられる。

川崎先輩を筆頭とする女傑系は、若い頃はその胆力とドスゆえに同世代の男から「怖い」と敬遠されがちだったのが、アラフォーになると「カッコいい」「頼りになる」と年下男にモテ始める。

もう一派の菩薩系は、全てを受け入れてくれそうな「おふくろ感」あふれるタイプ。若い頃はもっさり地味めな雰囲気ゆえイマイチモテなかったのが、アラフォーになると「オギャりたい」と年下から熱い支持を集める。

両派のモテの源流には「マザコン」があるのだろうが、かのシャア・アズナブルも「ララァ・スンは私の母になってくれるかもしれなかった女性だ！」といつまでもいつまでも言うてたように、男のオギャりたい欲は永遠なのかもしれない。

拙書『オクテ女子のための恋愛基礎講座』にも書いたが、加齢がモテの追い風になることは意外に多い。

私もかつては「我の全てを受け入れよ、だが貴様は我の理想通りの男であれ！」と聖帝サウザーばりの暴君だったが、年をとると「そんなんムチャよな」と男に完璧を求めなくなる。

さらに若い子がみんな自分の産んだ子どもに見える現象も加わって、昔は子どもっぽいと思った男の言動もカワイイと思えるようになる。

かつ、年をとると男にリードを求めなくなる。昔は「こじゃれたレストランを予約してスマートにエスコートしてほしい」などと望んだが、今では「自分で好きな店を予約した方が早いし、エスコートとかべつにいらねえ」と思うようになった。

また、疲れやすいJJは肩の凝るレストランに行くより家で横になっていたいので、「部屋着でグダグダできる相手が最高」と意識も変わってくる。

なにより、若い頃は「男にグイグイ引っ張られたい♡」と望んでいたのが、JJになると「いや私が行きたいのはそっちじゃねえし」と紛争の火種になるため、リードしないぐらいの男がちょうどいい。

男性陣からは「JJはメンタルが安定しているのが魅力だ」との声が挙がった。

私自身、20代の頃は3月下旬から4月中旬にかけての天気のように不安定だったが、今はどっしり安定している。JJはボディだけじゃなくメンタルにもどっしり感が出るのだろう。

とはいえ、JJ自身が「男にがっついてると思われたらイヤだし」と自主規制する場面も多い。女友達は「会社で変に誤解されないために、男の部下や後輩に対して女っぽい接し方は絶対しない」と語っていた。

たしかに年下男に上目遣い&アヒル口で迫るJJを見ると、その顔に刻まれたデコジワ&法令線もあいまって、荒涼とした気分になる。

JJ仲間にヒアリングすると、年下男に対しては「お母さん」もしくは「頼れるボス」的な接し方をしている、との意見が多かった。しかしそれが期せずして「菩薩系」「女傑系」と受け取られ「年下の部下に告白された」といった事件もたまに起こる。

そんな時、周囲は「よっ、浪速の石田ゆり子! ヒューヒューだよ!」「ヤッちまいな!」とエールを送るのだが、本人は「え〜面倒くさいし」と鈍い反応で、恋心のマッチがしけった女はやはり火がつきにくいのだ。

元祖バブみキャラのララァは「美しいものが嫌いな人がいるのかしら? それが年老いて死んでいくのを見るのは悲しいことじゃなくて?」と言っていたが「そんなもん、しゃあないやんけ」という話だし、JJが死んでいくのはまだ先の話だ。

今や人生90年、しけってようが燃えてようが、本人が楽しく生きていればそれでよい。

楽しくと言えば、カツラ田さんと付き合う彼女から、ある日『間違い探し』というタイトルのメールが届いた。メールにはホテルの部屋でくつろぐ彼女の画像が2枚添付されており、それらをじっと見つめて私は叫んだ。

「あ、2枚目は後ろの花瓶にヅラが刺さってる！」

ヅラ遊びを楽しむJJと、そんな友人に楽しませてもらってる私。恋をしようがしまいが、愉快なJJ仲間がいれば「我が生涯に一片の悔いなし！」と最期に拳《こぶし》を突き立てることができるだろう。

大人女子の通勤コーデはスパルタ軍の兵装♡
JJのファッション黒歴史と未来の希望

JJ（熟女）会で盛り上がるネタに「ファッション黒歴史」がある。

お若い方はご存じないかもしれないが、古《いにしえ》の日本には「アムラー」「シノラー」という二大勢力が存在した。JD（女子大生）だった私はシノラー派に属していたのだが、当時から非モテの才能に恵まれていたと言える。

シノラーファッションは一言でいうと、救急車のサイレンが聞こえた時に「あんたを迎えに来たで」とお母さんに言われるファッションだ。全然一言で言えてないが、当時の写真を見ると、妖怪人間ベムのTシャツにランドセルを背負って首からワニのぬいぐるみをぶら下げた己が写っている。

何万年後の未来に「かつて地球に生息した最もモテない生物」の資料になるかもし

れない。

ミニスカ・茶髪・厚底ブーツのアムラー派が男にナンパされる一方、シノラー派は「愛などいらぬ！　個性こそ正義！」とCUTiEや宝島を読んで電気グルーヴを聞き、部屋でお香を焚《た》いていた。元サブカル女子には「奇天烈《きてれつ》＝個性的でオシャレ」と信じて、漆黒の歴史を刻んだ者が多い。

ファッション黒歴史には**「奇天烈でイタい」**と**「無頓着でダサい」**の二派がある。無頓着派は基本、お母さんが買ってきた服を着ている。今でこそファストファッション全盛だが、昔は「安かろうダサかろう」だったため、お母さんがダイエーやジャスコで買ってきた服は真にダサかった。かくいう私もJC（女子中学生）まではオシャレに興味のない無頓着派だった。髪も眉毛もボサボサの山賊風味、かつ肥満児だったため、ドラゴンボールのヤジロベーに似ていた。

そんなヤジロベーを襲ったのが「中二病」という病である。

この病に罹《かか》った者は包帯・眼帯・手錠・安全ピンなどの小物使いに凝り、服をズタズタに破くなどのDIY精神を発揮する。そして鏡に向かって〝天使のような悪魔の笑顔〟の練習に励み、お母さんを「本気でお医者さんに相談すべきか？」と心配させるのだ。

一方、ファッション面で中二病に罹患《りかん》せず、無頓着派のまま成長する者もいる。BL研究家の金田淳子さんは「大学時代は竪穴式住居に住んでいる人ぐらいファッションに無頓着だった」と話していた。中でも驚いたのは**「冬に夏の服を着て、夏に冬の服を着ていた」**という話だ。

メッチャ寒いしメッチャ暑いはずだが、修験者を目指していたわけじゃなく「素材という概念がなかった」らしい。

それでいうと、スティーブ・ジョブズだって一年中、同じ服を着ていた。金田さんもジョブズ同様「俺には服のことなど考えてる暇はねえ、他に考えたいことがあるんだ！（アナルなど）」という思いから、季節完無視のファッションをしていたのだろう。

風邪を引く・汗疹《あせも》ができるといったリスクを負ってでも、アナルを深掘りする姿勢。偉人として前方後円墳に埋葬されるべきではないか。

ちなみに某有名子供服ブランドでテキスタイルデザイナーをしているJJは「何種類も柄を考えてると煮詰まってきて、アナルをモチーフにした柄とか描いてる」と話していた。街でその服を着た子どもとすれ違うと「アナル……！」と手応《てごた》えを感じるという。

アナルの話は置いといて。奇天烈派と無頓着派に共通するのは**「男目線ゼロ」**という点だろう。かつて炎上したルミネのCMは、女性社員が男性上司から「男の需要に応える服を着ろ」と抑圧される内容だった。本人が「モテたい、だから男受けする服を着よう」と選ぶのは自由だが、他人が、それも職場の上司が強要するのは間違っている。

現実の職場でも「そういう服って男受けしないよなw」とか言うてくる輩はいる。

また、男は無頓着な服装でも仕事ができれば「仕事一筋」と言われるのに、女の場合は「仕事はできても女を捨ててる」と揶揄されがちだ。

男は外に出たら7人の敵がいると言うが、女には100万人のペルシア軍ほどの敵がいる。対抗するには、古代スパルタ軍の兵装で出社するのがベストだろう。300人の女たちが「スパールター!!」と怒号を上げて通勤する姿は壮観なはずだ。

私が20代の頃にエビちゃんブームが起こり、「モテ服」「愛されOL」といった文字がCanCamやJJの誌面を飾った。が、現在は両誌とも大幅に部数を減らし、姉妹紙のAneCanは休刊、JJ最新号（2017年5月号）では「30歳までに結婚=幸せって誰が決めた!?」なる特集も組まれた。「男受けなど知ったことか、自分の好きな服を着るぜ！　スパールター!!」と決起するお嬢さんが増えたのだろう。

とはいえ、41歳の私が「スパールター!!」とシノラーファッションで街を歩くと、奇行種としてうなじを削《そ》がれる恐れがある。同様にゴスロリJJや森ガールならぬ森

JJも、奇行種扱いされるだろう。

先述のデザイナーの友人も「昔は奇天烈な服を着てたけど、今はシンプル路線に変わった」と言っていた。若き日の彼女はビキニ型のトップスにファーのジレを羽織って、マンモスマンのようだった。一方の私は惑星柄のシャツに地球儀型のバッグを持って、プラネットマンのようだった。2人そろうと最狂超人コンビの完成だ。

そんな彼女も現在は「色は黒かグレーかベージュで、定番だけどパターンと生地にこだわった、値段は高いけど何年も着られる服にシフトした。まあ無難すぎて面白くはないけど」とおっしゃる。

シンプルな服をオシャレに着こなすのは難しい。髪型やメイクがシュッとしてないとキマらないし、彫りの深い欧米人と違って、我々のような平たい顔族が着るともっさり地味になりがちだ。

そして彼女が言うように、シンプルな服は面白みに欠ける。かといってJJが奇天烈な服を着ると悪目立ちする。

ならばいっそ、目立ちまくってキャラ立ちを目指してはどうか。

広告会社時代、デザイナーの桂由美氏と仕事していた同僚が「暗闇でもシルエットだけでご本人だとわかるのよ！」と話していた。少年漫画でも「シルエットだけでわかるようなキャラを作れ」と言われるという。たしかに石油王やカレー屋の店主以外でターバンを巻いてる人はめったにいないし、傑出した個性だろう。

あれだけキャラ立ちしていれば、周りも四の五の言わないし、むしろ「オーラを感じる」と評されるもの。そしてあのターバンやド派手なファッションは、年齢を重ねたからこそ似合うもの。「昔の服が似合わなくなった」「着られる服が減っていく」はＪＪあるあるだが、同志諸君よ、我々にはまだ希望がある。

ＪＪはいずれＢＢＡという最終形態へと進化する。

桂由美先輩が極東の横綱だとすれば、極西にはエリザベス女王先輩がいる。御年92歳（2018年11月現在）のエリザベス先輩は、ヴォーグ誌の「世界で最も魅力的な女性」にも選ばれたファッションアイコンだ。

ポップなイエローやグリーンの衣装に奇抜なデザインの帽子を着こなす姿を見ると「カワイイ♡　オシャレ♡　私も007とスカイダイビングしたい♡」と胸がときめく。私が関西弁でド派手な格好をすると亡き京唄子先輩になりそうだが、未来の自分は今よりも奇天烈ファッションが似合うはずだ。

ゴスロリや森ガールも最終形態BBAになれば、ジョジョのエンヤ婆やナウシカの大ババ様のような貫禄で着こなせるだろう。好きなファッションを自由に楽しめるなら、年をとるのも悪くない。そして最期は自分で選んだお気に入りの死装束を着て、自分の好きなデザインの墓もしくは古墳に入りたい。

「ファッションとは女性を自由にするもの」「女性が自分らしく力強く生きていくためのもの」みたいなことを、ココ・シャネルやイブ・サン・ローランも言ってたような気がする。JJなので記憶が曖昧《あいまい》だが、ルミネやインテグレートのCM製作者はしっかり胸に刻んでほしい。

我々は他人のためじゃなく、自分のためにオシャレを楽しみたいのだ。

余談だが、「記憶が曖昧になる」と並んで「言葉を言い間違う」もＪＪあるあるだ。前にこじゃれたカフェでお茶しながら「我々は自分のためにめかしてるんだよね」と女友達に言うと、彼女は「そうそう、やっぱ気分が上がるしね、**おめこし!!**」と盛大に言い間違って、店中の視線を集めていた（おめこは関西で女性器の意味）。その後、ＪＪ仲間の間でおめこしが流行語となり「今度のＪＪ会はおめこしして集合♡」と使われるようになった。

皆さんも遠慮なく使ってほしい、おめこしを。そして自分らしく自由に楽しんでほしい、おめこしを!!

JJ必見!「楽して痩せるのは無理」という常識を覆す、驚異の●●ダイエット

今回のテーマは「JJ(熟女)とダイエット」。

JJ会で盛り上がるのは「スムージーとヨガで痩せた」等のしゃらくさい話ではなく、**「いかに死に金を使ってきたか」**というダイエット黒歴史だ。

スポーツクラブ・エステ・ダイエット食品やサプリ・エクササイズ系のグッズやDVD……等、大枚をはたいてきたが、クローゼットの「痩せたら着れる服」を着れた例《ため》しがない。これは多くのJJに共通する体験だろう。

私自身、やる気も根気も五ツ木のセレットもないため(意味がわからない人は西日本出身の年寄りに聞こう)1327回ほどダイエットに挫折してきた。

JJ仲間からは「スポーツクラブのインストラクターが爽やかすぎて挫折した」との意見が挙がった。たしかにハイタッチや下の名前呼びなどは己の生きてきた文化にないため、どうリアクションしていいかわからない。そもそもリア充はキャンプやフリスビーやフェスでカロリーを消費しているわけで、インドア派の非リア充こそ運動が必要なのだ。目を合わさず「○○氏」と呼ぶインストラクターがいれば、我々も挫折せずにすむかもしれない。

自宅でするエクササイズ系のDVDも購入したが、大半が開封するところまで辿《たど》りつかない。まず、あのビニールの包装がはがしづらい。とはいえそれがエロDVDなら、私は歯を使ってでも一瞬ではがす。結局は「運動とか超ダルい」という思考の問題なのだ。

運動とか超ダルいながらも、いくつかのエクササイズにはトライした。かつて大流行したビリーズ・ブートキャンプもやってみたが、あまりにハードで気絶した。床に倒れているところを夫に発見されて「ワシが死んだら3年は影武者を立てろ……あと引き出しのエロＤＶＤは捨ててくれ」と遺言を残した。

　ブートキャンプはハードすぎたうえ、「オイオイ寝てるんじゃないか？」といったビリーの言葉責めにムカついて続かなかった。一方**「ビリーのドＳぶりに萌えた」**というＪＪもいて、彼女は東京ビッグサイトで開催された「ビリーと一緒にブートキャンプする」という酔狂なイベントに参加して「ビリーの肌は絹のように艶《つや》やかだった……」とうっとりしていた。

　ビリーしかり、流行りものは一通り試したＪＪは多い。だが「マイクロダイエット＋菓子パンなど独自のアレンジを加えることで、逆に太った」といった証言が後を絶たない。

　ＪＪ宅には一家に１台、腹に巻いてブルブル振動させるダイエットベルトが存在する。「会社にも巻いて行って、小刻みに震えながら仕事していた」というＪＪもいる。同僚から「シャブ中？」「ザ・ぼんちのおさむちゃん？」とからかわれたそうだが、「結果的に１ミリも痩せなかったが、腹の皮膚は丈夫になった」と証言していた。

「巻くだけで痩せる」「飲むだけで痩せる」と囁かれると、女の胸はトゥクンと高鳴る。「これまで何度も騙《だま》されたけど、今度こそ……」というだめんず発想でつい手を出してしまうのだ。オオバコ・キトサン・ギムネマ・ガルシニア……幾多のものたちが私の体を通り過ぎていったが、ダイエット成功というハピエンには辿りつかなかった。

だが「健康被害を被る」という最悪のバドエンにならなかっただけ、マシなのかもしれない。

「10代の時、ウンコを出せば痩せると思ってコーラックを1シート飲んだら、1週間下痢が止まらなかった」など、徴兵逃れのようなダイエットに走ったJJもいる。

私も10代の時に「とにかく食べない」という力石式ダイエットで大幅な減量に成功、それ以降は「美容体重以上、健康体重未満」の健康的なデブとして、太め安定の人生を送っている。

デブのメリットとして、**デブはデブに強い。**フドウはハート様に勝てる的な意味ではなく、デブは太っていることに慣れている。「若い頃は何もしなくても痩せていた」というJJは、加齢によってじわじわ太りだすとショックを受ける。一方、デブにとって脂肪はズッ友なので、多少増えたところで「まあ誤差だろ」と思えるのだ。

女友達は「パスポートを更新したんだけど、10年前の写真に比べて顔が一回りデカくなってた……!」と嘆いていたが、私は10年前も太っていたため、今さら顔のデカさには動じない。

とはいえ、加齢による肉質の変化は感じる。

10年前は締まりのあるデブだったが、現在はだるんだるんのデブで、フドウとハート様ぐらい違う。デブの種類が変わった立場から、若いお嬢さん方に伝えたいのは**「二の腕は出せるうちに出しておけ」**だ。

若い頃は二の腕が太いながらも締まっていたため、ノースリーブをよく着ていたが、今はだるんだるんすぎて出せない。この調子でいけば、いつかムササビのように飛べる気がする。

また先日、10年前のジーンズを穿いて「脚が短くなってる……！」と息を呑んだ。骨格自体は変わらないが、尻や太ももの肉がたるんで下がったことにより、脚が短く見えるのだ。中年になるとシワや白髪が増えることは知っていたが、短足になることは知らなかった。ＪＪロードは驚きと発見の連続である。

シャアは魂を重力に引かれた人類をディスっていたが、ＪＪは肉体が重力に引かれまくる。アインシュタインはＪＪの体を見て重力理論を発見したのだろう。アインシュタインもせっかく頭がいいなら、楽して痩せる方法を発明してほしかった。

ＪＪは黒歴史を塗り重ねた末に「楽して痩せるのは無理、何を巻こうが飲もうが、効かぬのだ……！」とラオウのように涙する。だが先日、とある編集女子から「一切努力せずに痩せた」という体験談が寄せられた（※食事中の方はご注意ください）。

「昔、エロ本の編集をしていた時にスカトロ担当になりまして。自分では平気なつもりだったんですが、知らないうちに食欲が落ちたらしく、気づいたら7キロも痩せてました」

驚異のスカトロダイエット。ハリウッドセレブの間で流行るかもしれない。マライア・キャリー先輩あたりは飛びつくんじゃないか。

その話で思い出したが、10代の私は痩せたいと思いつめるあまり、飲尿療法にトライした。

「毎日、朝一番の尿を飲むことで、健康になるうえ痩身効果もある」との噂を聞きつけ「尿はタダ！　費用対効果バツグン！」と飲んでみたが、1回で挫折した。マニアにとっては神の雫《しずく》かもしれないが、一般人にとって尿は尿、クソ不味《まず》すぎて憤死しそうになったからだ。

この話をすると「そこまでの黒歴史はないわ……」とドン引きされるが、個人的には「彼ぴの精液を飲まされる」よりも「俺ぴの尿をみずから飲む」方がマシだし、味も若干マシな気がする。ただ尿は精液よりも量が多いので大変だ。

汚い話に吐いている人がいたら申し訳ない。話を変えて、**「太っても老けるが、痩**

せても老ける」もJJあるあるだ。

JJが太るとおばさん感が増すし、動作もおばさんぽくなる。体が重くて機敏に動けないし、立ち上がる時も「ヨッコイショー!!」と祭りのような掛け声が必要になる。階段などは「ラッセーラー!!」と気合いを入れないと上れない。

その一方、痩せたら痩せたでシワシワになる。特にJJになって急激に痩せると**即身仏感**が漂い「どこか悪いの……?」と命の心配をされてしまう。

スーパースリムな同級生（167センチ40キロ）は「太れないのもつらい」と嘆いていた。JK時代「二字熟語であだ名をつけよう!」という話になり、彼女についたあだ名は「飢餓」で、私は「豚肉」だった。

飢餓ちゃんはどれだけ食べても太らない体質で、豚肉的には羨《うらや》ましかったが、本人いわく「病気になって15キロ痩せたとかよく聞くでしょ?　私が15キロ痩せたら存在自体が消滅してしまう」。たしかに私は15キロ痩せても生存できるだろう。

以前、雑誌美STで「顔だけ太りたい」という特集があった。「体は太るのに顔の肉は削げる」もJJあるあるで、「40過ぎると脂肪が美しさのカギ」など昔は敵だったけど味方になるキャラみたいな言い方をされるが、脂肪は望むところにはついてくれない。

女がダイエット話をすると**「ガリガリに痩せなくていいよ、男はぽっちゃりが好きなんだから」**男が湧いてくるが、男の言うぽっちゃりは「乳と尻は肉付きがよく、ウエストはくびれており、腕と脚は細い」みたいなやつで、ガリガリに痩せるより難しい。男のぽっちゃり枠に、ちびっこ相撲体型（全体的に肉付きはいいが貧乳）の女子は含まれない。

そして常々書いているように、男のために痩せたいわけじゃない。鏡に映る自分の裸にガッカリしたり、着たい服を着れないのがイヤなのだ。と言いつつ、相手が好きな男だと「ガッカリされたくない」という心理が働く。

セックスはロンバケ中のJJたちは「誰に裸を見せるわけでなし」「服で体型カバ

ーすりゃいいわ」と泰然と構えているが、突然彼氏ができたりすると「どどどどうしよう？　こんな裸、見せられないよ！」と慌てふためく。ＪＪの心はフェミニーナ軟膏が必要なぐらいデリケートなのだ。そんな時、ＪＪ仲間は「大丈夫、電気を消せばどうにかなる！」「稲川淳二の怪談ナイトぐらい部屋を暗くしろ！」とエールを送る。

ＪＪが集まるとダイエットの話になるが、ババア先輩が集まると病気の話になる。やはり「脚が太い」よりも「ヒザが痛い」の方が深刻で、「健康＞＞＞美容」に興味のベクトルが変わるのだろう。公園で太極拳をするババア先輩たちも「痩せてキレイになりたい」「ジジイにガッカリされたくない」とかじゃなく「健康で長生きしたい」という思いから、ジャッキー・チェンのクレージーモンキーのようなポーズをとっているのだろう。

高齢者向けの健康食品のテレビＣＭも非常に多い。便秘に効くサプリのＣＭでは、愛飲者のババア先輩が「毎朝ドッサリ！」と笑顔でコメントしていてゲッソリする。イケメンが「毎朝ドッサリさ☆」とウィンクする方が購買につながるんじゃないか。

「脳の血管が切れるのでは？　と心配でウンコをきばれない」もＪＪあるあるなので、便秘サプリの需要があるのはわかる。一方で、尿漏れに効くサプリのＣＭもよく見かけて「ウンコは出ずにシッコは漏れるて、どういう了見や？」と創造主である神に問いたい。こんなもん設計段階でミスがあったとしか思えない。

ウンコは出ずにシッコは漏れたり、太っても痩せても老けたりと、加齢の道は険しいが、年をとると全て「神のせい」で片付ける図太さも身につく。そして「肉体の若さは心の若さから」と言われるが、ウンコだのシッコだの書いている私は、心の若さでは小学生にも負けない自信がある。

いまや65歳以上のババア先輩の２人に１人が90歳まで生きる時代、我々が真っ白な遺灰になるのはまだ先の話だ。幸い食欲は衰えていないので、力石じゃなくマンモス西のように美味いうどんでも食べながら、ドスドスとＪＪロードを歩いていきたいと思う。

ＪＪ最期の晴れ舞台はヒューネラルエステで最高の遺体になろう

今回のテーマは「ＪＪ（熟女）と美容」。

前回ダイエットについて書いたが、ダイエット以外の美容においても、ＪＪは幾多の黒歴史を刻んでいる。

女友達は「小学生の時、くろんぼ大賞を受賞したのがトラウマになって……」と語っていた。

くろんぼ大賞。現在では絶対ＮＧなネーミングだが、ＪＪの子ども時代には「夏休み明け、もっとも日焼けした児童に賞を贈る」という習わしがあった。だが彼女はお日様の下でいっぱい遊んだわけではなく、地黒だったという。

地黒での受賞にショックを受けた彼女は「色白になりたくて、ぺんてるの修正液を顔に塗りたくった」と証言する。「美白パックみたいに肌が白くなると思って」という言葉に「なるわけないだろう、狂っていたのか？」と聞くと「尿を飲んだ人間に言われたくない」と返された。

ちなみに彼女はまつ毛が短いのもコンプレックスで、剃《そ》ったムダ毛を接着剤で移植しようとしたらしい。いずれも文房具を使った工作発想だが、今やまつエクは市民権を得ており、先見の明があったとも言えるだろう。

色白は七難隠す、という言葉がある。私のように777難ある者は美白に励むべきなのだろうが、日焼け止めを塗り忘れて肌が真っ赤になることがよくあった。だが、この程度のことは黒歴史とは呼べない。

エステサロンを経営するJJから壮絶な話を聞いた。彼女は20歳の頃、ハワイ旅行をした時に日焼け止めと間違ってサンオイルを塗ったうえ、そのままビーチで眠ってしまって、顔面が火だるまになったそうだ。「通りすがりの人がギョッとするぐらい顔の皮膚がボロボロになって。その後、5回脱皮した末に再生しました」とのこと。

現在の彼女はとてもキレイな肌をしているが、当時あまりにショックを受けたのをキッカケに美容に興味を持ち、エステティシャンを志したそうだ。まさに**「その時歴史が動いた」**である。

それも若かったから再生したのであり、年をとるとそうはいかない。真夏の行楽地に行くと「紫外線ブロックのためには熱中症も辞さず」という気迫に満ちた、イスラム教徒のようなババア先輩軍団に遭遇する。

私が気になっているのは、真夏の東京五輪で小池都知事先輩がどんな格好をするかだ。

クールビズの提唱者がムスリムファッションをすれば「暑いやろ」と国民からつっこまれる。やはりＳＰＦ５０００の日焼け止めを塗って、薄着で臨むのだろうか。それとも総理はマリオで都知事はピーチ姫で、高齢コスプレ大会になるのだろうか。

若い頃、ニキビに悩んでいたＪＪも多い。「高校時代、洗顔部の部長を務めていた」

と振り返る女友達もいる。休み時間のたびに顔を洗うという活動内容で、部長の彼女は誰よりもうまくＡＨＡ石けんを泡立てられたそうだ。

また「高校時代、顔のニキビを数えたら１００個あった」という女友達は、皮膚をヤスリでこするピーリングを受けて、へび少女のように顔がズルムケになったという。

「20代前半までは皮膚科行脚に時間と金を費やした」「当時はニキビのことだけを考えて生きていた」と振り返るＪＪたち。そんな彼女らも「アラフォーになってニキビができなくなった」と寿ぐ。「そのかわりイボができるけど、でもイボは皮膚科ですぐとれるよ」とのことで、我が日本の美容医療技術は世界一ィィィッ!!　なのだろう。

私も「レーザーでシミとりたいな～」「プラセンタ注射打ちたいな～」としょっちゅう言っているが、言うだけでやらない。なぜなら、通うのが面倒くさいからだ。

引きこもりにとって「外出」は最大の難関だ。前回書いたように、スポーツクラブに目を合わさず「〇〇氏」と呼ぶインストラクターがいて**「引き締まってきましたね、**

デュフ」と褒めてくれても、私は通うのが面倒くさくて続かないだろう。なので体は緩みっぱなしだが、外に出ないので紫外線は浴びない。

美魔女の皆さんが海辺でヨガやビーチパーティーをしながら「美白ケアは欠かしません」と話すのを聞くと「外に出なきゃいいのでは？」と思う。彼女らがやたら海辺に行きたがるのは、海外セレブへの憧れもあるのかもしれない。

知り合いのＪＪも海辺でつばの広い帽子＆巨大なサングラスを着用した、セレブ風の自撮りをインスタに上げている。画像を拡大すると口元にうっすら梅干しジワが映っていて、しょっぱい気分になってしまう。

彼女は若い頃から欧米かぶれで、シン・ゴジラの石原さとみの**「ガッズィーラ」**みたいな発音で**「バジャイナ」**とか言っていた。たしかにその方が「膣」とか「観音様」よりもスタイリッシュだ。

「海外セレブに憧れて、ノーブラで乳首をビンビンに立たせたいと思い、顔用の吸引器で乳首を吸った」というＪＪもいた。

彼女はキャメロン・ディアスの「私の美の秘訣はセックス！」という言葉を真に受けて、「1週間連続でセックスしたら、体調を崩して吹き出物が10個できて逆に汚くなった」とも語っていた。

かくいう私も海外セレブに憧れて、タトゥーを入れたいと思ったことがある。出身地にちなんだタトゥーを入れるセレブが多いので、**神戸市のマーク**を入れようかと考えたが、やはり面倒くさくて入れなかった。そもそもＶＩＯ脱毛すら「会陰地方が火事よ〜！」と阿鼻叫喚するほど痛みに弱いのに、タトゥーを入れるなど無理である。

ここまで書いて、自分はダイエット系はさんざんやったが、スキンケア系のネタは少ないことに気づいた。皮膚が丈夫なデブだからかもしれない。私はヤジロベー似の中学生だったが、ヤジロベーもモチ肌である。

しかし皮膚は丈夫だがブスであるため、メイクには凝った。女が何かに凝ると黒歴史が爆誕する。

若い頃の写真を見ると「真っ黒な囲み目アイラインでスケキヨみたいな俺」「オレンジのシャドウにグリーンのマスカラで珍しい鳥みたいな俺」「X JAPANのファンじゃないのにX JAPANのファンみたいなメイクの俺」が写っていて**「よくぞ俺」**と感心する。

よくぞここまで、男受け無視のメイクを貫いてきた。さすが元シノラー、「ナチュラルメイクなどつまらぬ！」という非モテの才能に溢れている。私にとってメイクはお絵かき気分で楽しむものであり、似合う・似合わないすら無視していた。

北斗の拳のユダは「俺は貴様の血で化粧がしたい！」と叫んでいたが、私も人を食ってきたかのような赤い口紅を塗りたくっていた。「貴様が虫ケラのごとく死ね！」と秘孔を突かれそうに似合わなかったが、己が楽しんでいたので後悔はない。

今でも私は漆黒の口紅を塗って、漆黒の歴史を塗り重ねたい。ただしJJがどす黒い唇をしていると**「死んでるんだぜ」**と埋葬される恐れがある。

メイクにはコンプレックスをカバーする効果もある。だがメイク技術を磨きすぎると、すっぴんとの落差がえらいことになる。

じゃりン子チエのヒラメちゃん似の同級生は「彼氏にすっぴんを見せられない」と悩んでいた。実際、彼女はいつも「よっ、技能賞！」と感心するほどの3Dメイクを完成させていた。

そんなヒラメちゃんは外資系企業に就職して、同僚のアメリカ人と結婚したのだが、夫は妻のすっぴんを絶世の美女と称えるらしく「磨くべきは、女子力よりも語学力」と断言していた。

たしかに美の基準は国によって違う。20歳の時、イタリアに母子で旅行した女友達は「私よりも50代の母の方がナンパされてた」と振り返る。ヨーロッパは新品よりアンティークを好む文化だというし、いくつになっても恋していたいJJは、最終的に亡命という手段がある。

雑誌美STを読んでいると、美魔女の皆さんは高級コスメを買いそろえ、「シーン別に7種類のファンデを使い分ける」といった猛者もいる。

私など春夏秋冬、エテュセのBBクリームで乗り切っている。そもそもシーン別とはどういうことか。月曜はナマハゲに扮するので赤、火曜はカッパに扮するので緑、とかそういうことか。

やはり美魔女はがんばりやさんだ。美容に全力で励む美魔女がいる一方、周りのJJたちは「若い頃の方ががんばってたよね」と声をそろえる。

というのも、若い頃の方が好きな人ができたり、彼氏と初デートが決まったりと、気合いの入れどころがあったから。恋もデートも遠い日の花火になったJJは、気合いの入れどころが見つからない。

結婚式などの晴れ舞台があればブライダルエステに通うのだろうが、今さら挙式する予定もない。美STには「娘の結婚式ファッション」という記事が載っていて、我々はもうそっち側なのだ。

しかし私には娘もいないし、ＮＨＫのど自慢に出たいという希望もない。となるとＪＪに残された晴れ舞台は、葬式なんじゃないか。

ブライダルエステでググると「晴れ舞台に最高の花嫁になろう」と20万のコースが紹介されていたが「新生活で金がいるのに20万も払えるか」という花嫁は多いだろう。その点、あの世に金は持っていけない。最高の遺体になるために、真の意味での**「死に金」**を使ってもいいはずだ。

気合いを入れてヒューネラルエステに通い、自分好みの死化粧・死装束・棺桶をセレクトして、祭壇のデコレーションも打ち合わせて……と考えただけで「面倒くせえな」と心が折れた。

私は自分の結婚式も面倒くさくてしなかった人間、葬式も「テキトーに焼いといて」と丸投げするに決まっている。せめて棺桶にニンニクとバターを入れて、火葬場に集まったオーディエンスを「メッチャ美味しい匂いがする！」と驚かせたい。

考えてみると、気合いの入れどころがないのは幸せかもしれない。若い頃、もっとも美容に気合いが入ったのは失恋した時だった。**「絶対キレイになってやるッ……！！！！」**とスーパーサイヤ人ばりに燃えていたが、今あんなにエネルギーを燃焼させると一瞬で消し炭になる。

恋やデートをする機会もないが、失恋する機会もない。「そんなの刺激がなくてつまらない」と若い方は言うかもしれないが、ＪＪは救心が必要になるお年頃。階段を上るだけでも心臓がヤバいのに、アップダウンが激しいと心停止してしまう。昔のようにCHA-LA HEAD-CHA-LAではなくなるのだ。

なので激しい闘いはZ戦士たちに任せて、ウーロンやプーアルのように平和に暮らしたい。そのように願うＪＪなのであった……Sparking！

儒教文化の国で老害にならないために、ＪＪはどんな風を吹かすべきか？

今回のテーマは「ＪＪ仕草、ＪＪ言葉」。

ＪＪ（熟女）ネタの玉手箱美ＳＴに「『動きがオバさん』という根本的大問題を検証！」という記事があった。

「見た目が若くてキレイでも、動きがおばさんっぽいと台無し」とのことで、いくつかの例が載っていたが、「肩をバンバン叩く」「手首のスナップを利かせる」などは、たしかにおばさんっぽいと感じた。

だが「大笑いしながら手を叩く」は、ＪＫの頃からやっていた。女子校は乙女の花園っぽいイメージを持たれがちだが、実際は**メス猿の檻**だ。ちょっとしたことで「キャーッキャャッキャ!!」と盛り上がり、教室に蜂が入ってくると「ウキーッ!!」と集団ヒステリー状態になる。

ＪＫがＪＪになってもノリは変わらないが、身体機能は低下する。動きがおばさんの例に「階段ですぐ手すりにつかまる」があったが、つかまらずに死ねと言うのか。ＪＪになると下りが特に怖い。一段一段踏みしめながら下りる横を、若者が一段飛ばしで駆け抜けていくと「忍者か？」と思う。

ＪＪが必死で手すりにつかまるのは「怪我すると治りが遅い」と知っているからだ。若者ならツバつけときゃ治るかもしれないが、ＪＪは何をつけても治らない。ラオウのように「傷は癒えた‼」と言えるのは、だいたい1年後ぐらいだ。

ＪＪ仲間は階段をよく踏み外すため「軽い脳梗塞では？」と不安になって病院に行くと「単なる老化です」と診断されたという。**「病気を疑ったが老化」**もＪＪあるあるだが、それで病気が見つかる可能性もあるので、何事も疑ってかかる姿勢は大事だろう。

美STに載っていた「いつでも物を探している」という例も「しゃあないやんけ」という話だ。私も先日、自宅の鍵が見つからず「まさか自分の胃の中に？」と不安な気持ちで探していたら、冷蔵庫の漬物の袋の中から出てきた。前日に漬物を買ってその袋に鍵を入れて帰宅して、そのまま冷蔵庫にしまったらしい。
問題は、漬物を買った事実すら忘れていることだ。

ＪＪは忘れっぽくなるし、うっかりミスも多くなる。顔に美容クリームを塗ろうとピュッと手に出したら、しょうがチューブだったこともある。昔、ツイッターで「痔の薬とボンドが似すぎで危うくアナルが滅亡するところだった」というツイートを見かけたが、この手のミスは命取りだ。

個人的には、真夏でも冷房の効いた店で温かい飲み物を頼む時に「私ってＪＪだな」と感じる。ＪＪは冷房に弱い生き物。女友達は「職場で隣の席の若者は半袖なのに、私はフリースを着ている」と話していた。

「パンツの面積は年齢に比例する」はJJ界では有名な話だ。私もかつてはTバック派だったが、今では「ドラゴンボールを集めて神龍がこんなパンツ出してきたらウーロンもガッカリだよな」というパンツを穿いている。

なので、叶姉妹が自宅で裸で過ごすという話を聞くと「いよっ、ファビュラス！」と感心する前に「風邪引かへんか？」と心配になる。風邪を引いたらグッドルッキングガイがおかゆを作ってくれるのか。また「陰毛がちらばらへんか？」とも思うが、叶先輩はパイパン&蝶のタトゥー仕様なので、その心配はないのだろう。

陰毛に関して、若いお嬢さん方に伝えたいのは**「VIO脱毛するなら、股白髪が生える前にしておけ」**だ。なぜなら、レーザーは白髪に反応しないため脱毛できないから。ツルツルの股に白髪がピョンと生えていると「顔から生える謎の白い毛」みたいで気になるし、抜いたら縁起が悪そうだ。

そういえば、芸能人は鼻毛を永久脱毛していると聞いた。たしかにラブシーンで鼻毛がそよいでいたら興ざめだが、これも「風邪引かへんか？」と心配になる。ちなみに私は先日、鼻毛に白髪を発見した。ＪＪの毎日は発見の連続、しゃかりきコロンブス気分を味わえる。

「歯に挟まった食べ物を舌でとる」もＪＪ仕草ではないか。

若い頃は爪楊枝をシーシーするジジイを見ると「デリカシー‼」とぶん殴りたくなったが、今はジジイの気持ちがわかる。この前、あられの衣で揚げた餅を食べたら、半分以上が歯に挟まった。舌でとろうとしても追っつかず、そっとおひやでうがいをした。

この「おひや」もＪＪ言葉かもしれない。美ＳＴには、おばさんっぽい言葉として「超」「バリバリ」「タメ」「写メ」などが挙げられていた。私もつい「超イケてる」とか言ってしまうが、若者は「マジヤバイ」と言うのだろう。マジヤバイは「いとおかし」の意味らしいが、スゲーは「いみじ」になるのだろうか。

以前、見た目は若々しい女性が**「ブイブイいわせる」**と言うのを聞いて「この人はバブル世代かな」と思った。ちなみにバブル世代には髪をかき上げる女性が多い気がするが、W浅野の影響だろうか。

パンツをズボンと言う、セールをバーゲンと言う、コンディショナーをリンスと言う……等など、人は昔からなじみのある言葉を使いがちだ。私が子どもの頃も風呂場にあったのはコンディショナーやトリートメントではなくリンスだった。

余談だが「中高生の頃、自分の部屋がなかったから風呂場でオナニーしていた」と証言する男子は多い。男友達は「ローション代わりにエッセンシャルのリンスを使っていたら、陰毛がサラサラになった」と語っていた。当時、丸坊主だった彼はお母さんに「リンスの減りが早いけど、あんた使ってるの？」と聞かれて焦ったという。

また「オナニーした後、湯船の中に射精していた」と語る男友達もいる。彼は「精液が白い竜みたいに見える！」と友人に話したら、あだ名が**「白竜」**になったらしい。

女子に「なんで白竜って呼ばれてるの？」と聞かれて焦ったそうだ。

ちなみに私はシナモンをニッキと言うが、女友達に「それ死んだおばあちゃんが言ってたわ〜」と懐かしがられた。ＪＪを超えてＢＢＡへと進化しているらしい。

「ババアにならないための美容やファッション」がテーマの本を読んだら、「周りのナウいおばさまを観察することね」「ちょっとヒドいわ（笑）」など、文章がとてもババアっぽかった。だが「○○だったネ」「○○だったヨ」などの片仮名づかいは、お母さんの手紙みたいでほっこりする。

むしろ50代の女性が「スゲー！」「マジヤバイ！」を連発していたら「もうちょっと落ち着け」と言いたくなるだろう。私は年上のおじさんが「かっけー！」とか言うのを聞くと、恥ずかしくて殴りたくなる。そこは**「かっこいいカナ？　ナンチャッテ(^_^;)」**とおじさんらしい言葉づかいをしてほしい。

かくいう自分も「バブみ」「オギャる」などの言葉を使うので、ＪＪの冷や水と思われているだろう。

言葉といえば、周りのＪＪたちから**「ＪＪという言葉は便利」**と言われる。たしかにオトナ女子とか自称するのもイタいが、「おばさんだから」と言うと「おばさんじゃないですよ！」と言われた方が気をつかう。「ＪＪ」は自虐感が薄いので、他人に気をつかわせないのかもしれない。

また「女子会」と言うと「いつまで女子のつもりだ！」と外野から野次が飛んでくるが、「ＪＪ会」や「ＪＪ旅」だと特に文句を言われない。私の知名度が低いので「ＪＪ」も知名度が低いが、今後も超バリバリ使っていきたいと思う。

「年齢なんて気にしなくていい」との意見もあるが、気にしなさすぎると老害になる。私が老害予防で気をつけているのは**「むやみにアドバイスしないこと」**だ。仕事では悩み相談に答えているが、プライベートではアドバイスを求められない限りしない。

というのも、若いお嬢さん方の「結婚したいんですよ〜」は「夏は暑いですよね〜」と同様、世間話のノリが多く、そこで「だったら女子会ばっかりしてちゃダメ！」と語るのは「マジウゼえ」案件だろう。

昔「ちょいワルジジ」の「美術館にいる女子にウンチクを語ってナンパしろ」という記事が炎上した。私も戯言《たわごと》は地獄の鬼にでも言えと思ったが、この「若い女は自分よりものを知らない」という発想が老害なのだ。

日本は儒教文化の国で、敬老精神が根強い。欧米のように義父のことを「ハイ、ナミヘイ！」とファーストネームで呼んだりしない。

そんな年長者を立てる国では、若者の言う「すごいですね！　勉強になります！」は、おもてなしの心なのだ。自分はもてなされているという自覚なく「結婚と恋愛は違うのよ？」とドヤるのは、ちょいワルジジと同じ老害だろう。

仕草や言葉がおばさんっぽくてもいい、しかし老害はよくない。特にＪＪになると、自分以外は全員年下という場面が増えてくる。そこで「アタイについてきな！」と先輩風を吹かすのもイヤだが、「あざーっす！」と後輩風を吹かすのもおかしい。では

JJはどんな風を吹かすべきか？　と考えると、**おばあさん風《かぜ》**かもしれない。

先日、20代の女子たちと飲む機会があったのだが、若い人たちの意見や考え方を学べてありがたかった。「フリック入力ができない」も定番のJJあるあるだが、私はスマホの操作すらおぼつかない。LINEグループを作る時にオタオタしていると、20代女子が「ここをタップして……」と優しい孫のように教えてくれた。

この「ありがとうねえ」「いいのよおばあちゃん、長生きしてね」という関係が一番ピースフルかもしれない。

「かわいいおばあちゃんになりたい」という意見もあるが、私は「ババアになってまでかわいがられなあかんのか」と思う。私はナウシカの大ババ様のような、ババア然としたババアになりたい。

人間はある程度の年齢になったら**「かわいがる側」**にまわるべきだと思うのだ。美STに「40代だって『可愛い』ってほめられると、うれしい！」という記事があったが、いつまでも「かわいがられる側」にしがみつくと、処女の生き血を浴びるＪＪになりかねない。

私は若いお嬢さんを見て「血吸うたろか……ＵＲＹＹ」と呻《うめ》くより「かわいいなあ」と目を細めるＪＪでありたい。そして自分より年下の人たちに「いみじ！　いとおかし！」と素直に言えるババアになりたい。

ついでにフリック入力もマスターしたい。ＬＩＮＥグループの会話の速度についていけないからだ。きっと私が送るパタリロのスタンプに「誰？」と思いながらも、若い女子たちはよく飲みに誘ってくれる。

「なんといういたわりと友愛じゃ……」と拝みながら、ナウシカの大ババ様への道を歩んでいきたいと思う。

絶倫モーゼも今は昔。ノーセックス派のＪＪがリスペクトするのはフネ先輩

今回のテーマは「ＪＪ（熟女）とセックス」。
いつものようにＪＪ仲間にネタを募ったところ――**「ない」**。

未婚既婚問わず、みんなセックスをしていないのだ。セックスレスという言葉が流行りだした頃は「セックスしないのって変なの？」と動揺した人々も、これだけ「日本人は世界一セックスしない」と言われ続けると「みんなしてないなら、まあいっか」とノーセックスライフを謳歌している様子。

かつては性欲旺盛だったＪＪも、40を超えると「我が性欲は尽きた！」と宣言する者が多い。ある女友達は20代の頃「彼氏と毎日ヤリまくってたらベッドが真っ二つに割れた」と語り、**絶倫モーゼ**と呼ばれていた。

別の女友達はセックスだけでは飽き足らず、ほぼ毎日オナニーしていたそうだ。ある朝、自宅のベランダで布団を干そうとしたら、布団に紛れたバイブが庭仕事中の父親の上に落ちたらしい。慌てて駆けつけると、父から毅然とした表情で「壊れてないか？」とバイブを渡されたという。「この淫乱娘が！」とバイブでめった打ちにする父じゃなくて良かった。

この父の頭上にバイブが落下した件は、**コイサンマン事件**と名づけられた。まさにJJにしかつけられないタイトルだ。

そんな逸話をもつ彼女らも「あの性欲はどこへ行ってしまったのかしら……」と空を見つめている。

私自身もそうだ。20代の頃はテストステロンの太鼓の音がドンドコドコドコと鳴り響き、やたらムラムラしていた。だが35歳を超えた頃から太鼓の音が静かになり、41歳の今は「母さん、ぼくのあの太鼓、どこへ行ったんでしょうね……」と空を見つめている。

とはいえ、夫とはごくたまにセックスしている。それは「セックスコラムを書く者として、現場感を失うのはいかがなものか」という職業意識からだ。そのため夫とセックスする前は、エロBLなどを読んでエロスを補給する。ムラムラするからやるんじゃなく、やるためにムラムラを製造している。

もし私が物書きじゃなければ、夫はもともと性欲薄夫だし、我が家のセックスは消滅していたかもしれない。だから**「フネ先輩、マジリスペクトっす！」**と言いたい。

サザエさんのフネさんは52歳、波平さんは54歳、末っ子のワカメは9歳。つまりフネさんは42歳頃までセックスしていたことになる。ハゲは絶倫と言われるし、フネさんも割烹着の下は性欲ゴリラなのかもしれない。そういえば、あの小保方さんも性欲が強そ（自主規制）。

割烹着つながりはさておき、磯野家はふすまで仕切られた長屋でやりにくそうだし、性の匂いが皆無だが、意外とセックスフルな家庭のようだ。

ちなみにサザエが通っていた女学校は、**あわび女子学園**というらしい。

「ロウソクの炎が消える寸前に燃え上がるように、女は40を超えると性欲に火がつく」と言われるが、私の周囲にメラメラしているJJは見当たらない。

エロババアを自称する岩井志麻子先輩など、作家界や芸能界ではメラメラ系のJJを見かけるが、やはり稀有《けう》な存在ではないか。瀬戸内ジャッキー先輩は「煩悩を捨てるために出家した」と語っておられるが、出家しないと捨てられないほど煩悩の埋蔵量が多かったのだろう。

サウジアラビア並みの油田を持つ者もいれば、「私の煩悩の量は2バレルぐらい」という者もいる。昔は大量のバレルを誇っていても、加齢とともに枯れてくるのが一般的ではないか。

かつて**「セックス番長」**と呼ばれていた女友達は、世界を股にかけるキャリアウーマンで、世界中の男を股に招いていた。だが結婚して2児の母となった今は「仕事と育児の両立が大変すぎて、ムラムラする余裕もない」と言う。

日本はお母さん方が血反吐《ちへど》を吐きながら子育てする修羅の国。日本人女性の睡眠時間は世界一短いとも言われる。独身時代の番長は「ギリシャ人と地中海で水中セックスしたらカンジダになった、マンコがかゆい」とか言っていたが、今はやらなすぎて粘膜が乾燥してかゆいのだとか。

日本人のセックスレス原因の1位は「忙しいから」だそうだ。忙しすぎてセックスする余裕がない、そんな修羅の国において、比較的余裕があるのは高齢者だろう。

ホテル街の近くに住む友人は「ラブホから出てくるのは、おじいさんとおばあさんのカップルばっかり!」と言っていた。知り合いのライターさんは「うちの70代の母、父が死んだ後ノリノリで『婚活パーティーで出会った彼氏とBまでいった』とかノロけてくるんです……」と嘆いていた。たしかに親のBの話は聞きたくない。

ちょいワルジジが昼間から美術館にナンパに行けるのも、ヒマだからだろう。だがヒマだからといって老害を撒《ま》き散らすのはよくない。週刊ポストで「20代を抱いて死にたい!」という特集があったが、**「抱かれたくない!」**という側の声に耳を傾けるべきだ。

枯れ専といわれる女子もいるが、文字通り「枯れ感」に萌えるわけであって、ギラギラと黒光りしたジジイに需要はない。

『SATC』でサマンサが富豪のおじいさんとベッドインするが、途中でトイレに立ったおじいさんのヨボヨボの尻を見て「無理!」と逃げ帰るシーンがある。

初めて見た20代の時は「たしかに死を連想してしまうし、メメントモリな気分でビッシャビシャになるのは無理だよな」と思った。けれども自分がJJになり、頻尿気味で尻もヨボヨボ気味になると、おじいさんサイドに共感する部分もある。

とはいえ、私だったら「若い男にこの体を見せるのは……」と躊躇《ちゅうちょ》する。若くてピチピチの体よりも、同世代のゆるんだ体の方が「お互いさま感」があって、やりやすい気がする。おじいさんサイドは逆に、死から遠そうな若い肉体に惹かれるのか。

「私もどうせやるならピチピチとやりたい！」と主張するＪＪもいる。

問題は誰とやるかだが、昨今、熟女好きを自称する若者も増えている。だが知り合いの20代男子は「熟女、好きなんですよ〜！ **森高千里とか**」と言っていた。森高千里はリサリサ先生と同じ「不老系ＪＪ」のジャンルであり、彼のいう熟女枠に五月みどりは含まれない。かまきり夫人なんて聞いたこともないだろう。

とはいえ、ＡＶ界には熟女を超えた「老女モノ」というジャンルもある。70代のＡＶ女優さんが出演する『祖母と孫』『うちのお婆ちゃん』等のシリーズも出ている。

その手の作品を好む人々は、おばあちゃん子だったのだろうか。シャアは〝母なる者〟を求めたが、〝婆なる者〟は母よりもっと無条件に受容してくれそうだ。

なんにせよ幼女好きより老女好きの方が2兆倍マシだし、いずれ**ＲＪ（老女）**に進化するＪＪとしては、ありがたい存在かもしれない。

一方「私はおじいちゃん子だったから『うちのお爺ちゃん』シリーズを観たい！」というニーズは少なそうだ。女性向けＡＶでも70代の男優さんは見たことがない。私もどうせなら若く美しい男女のからみを見ながら「乳輪の照りが違うわ〜」とため息をつきたい。

かつては私も乳輪がツヤツヤだった時代があった。当時は若さゆえの傲慢さもあったと思う。

20代の頃、薄毛の男性と付き合ったことがある。その彼は東方仗助なみに髪に敏感で、ハゲを隠すのに必死だった。傲慢だった私は「ハゲを隠す方がみっともない」と思っていたが、もし今「ヨボヨボの尻を隠す方がみっともない、ハイレグ水着を着ろ」と言われたら、断固拒否する。

薄毛の彼とセックスする時は「頭に触らないようにしなきゃ、ヘタに触って抜けたら悪いし」と気をつかった。第1回に登場した、カツラ田カツオさんと付き合う女友達は「ヅラはもっと気をつかう、ヘタに触ってズレたら困るし」と言っていた。「だからヅラをカミングアウトされて、2人の時は脱いでくれるようになってホッとした」と語る彼女。

カツラ田さんもヅラを脱いでくつろげたのか、ある日、ホテルにヅラを忘れるという珍事が発生した。

友人いわく「ヅラを装着せずに、車でホテルを出たんだよね。しばらくして『あ、ヅラがない！』と気づいたんだけど、彼はホテルに取りに行くのを恥ずかしがって」。そこで翌日、彼女がホテルにヅラを取りに行ったらしい。「フロント係がビニール袋に入れたヅラをうやうやしく渡してくれたけど、絶対、裏で爆笑してたと思う」。


そんな優しい彼女だが「せっかく手元にヅラがあるんだから、すぐに返すのは惜しい」と思い、その足で女友達の家に向かったそうだ。そして2人でヅラを逆さまにかぶったり、股間にのせたりして、ゲラッゲラ笑いながら写真を撮ったという。

その写真は〝ヅラ遊び〟というフォルダに保存されており、私もそれを見てゲラッゲラ笑った。皆さんもヅラ男性と付き合う機会があれば、ヅラ遊びの画像をインスタにあげるといいだろう。

話がズレたが（ヅラだけに）、考えてみるとセックスフルなＪＪ仲間も３人いる。その３人に共通するのは、10歳近く年下の夫や彼氏がいることだ。

彼女らは「やっぱり勃起力が違う、**朝なんて股間が木下大サーカス**」とＪＪらしい比喩で語り、「私なんてここ数年、テントが張ってるのを見たことない……！」とノーセックス派のＪＪたちは感嘆する。ゴールデンカムイのチンポ先生のように、老いてもビンビンの中年男性は珍種なのだろう。

とはいえ「私も若い彼氏がほしいな〜」と羨む声は少ない。なぜなら、体力に自信がないからだ。

先日、ＪＪ会でカラオケに行ってＳＰＥＥＤの曲を歌い踊った。私は「BODY & SOUL」と足を上げたら股関節がバキッとなってうずくまった。みんな「Go! Go! Heaven」と歌いながら息も絶え絶えで、天国に旅立ちそうになっていた。

そんな体力に自信のないＪＪは、ぶつかり稽古みたいな激しいセックスはできない。

年下の夫や彼氏がいる友人たちはセクシーな美魔女系ではなく、登山やマラソンが趣味の体育会系だ。マドンナ先輩やジェニファー・ロペス先輩もキレッキレのダンスをキメながら、若い男とセックスをキメている。やはり決め手は体力なのかもしれない。

体力の衰えは日々実感するが、私はＪＪになって楽になった。

若い頃は「この若い時間と肉体がもったいない、有効活用しなければ」みたいなプレッシャーがあって、それが結構キツかった。夏！　海！　花火！　セックス！　みたいな若者ライフをエンジョイしなければダメな気がしていた。

それがＪＪになると「熱中症になるし、人混みとか無理だし、シミ以上に皮膚がんが怖い」と堂々と引きこもるようになった。「水着でプールパーティーが人気」とか聞いても「ワイらには関係ないし」と耳に入らなくなった。まさに「今日耳日曜～」状態で、自分に必要のない情報をスルーできるのは楽である。

40にしてようやくリア充の呪いが解けたのかもしれない。

今はエアコンの効いた屋内でＪＪ会するのが何よりも楽しい。女同士で何時間もしゃべり続けると、たまったものが全部出てスッキリする。**女はトークで射精ができるから、ノーセックスでも幸せなのかもしれない。**そう考えると、女に生まれてよかったな～と思う。

これからはＪＪ会のことを射精大会と呼ぶことにしよう。

「尼寺シェアハウスで暮らしたい」と夢見るＪＪが最後に骨を埋めるジャンルは？

秋到来である。

去りゆく夏を惜しみながら、女友達と「今年の夏は、頭皮がクサかった」「わかる！　私も去年よりクサかった」と語り合った。**頭皮が年々クサくなる**のもＪＪ（熟女）あるあるではないか。

日本人女性の平均寿命は87歳で、40を超えてもまだ半周残っている。ハマる趣味でもなければ人生は長すぎる。というわけで、今回のテーマは「ＪＪと趣味」。

ドルオタのアラサー女子が「うちの母は50代で更年期から鬱になったんですが、私が紹介した韓流アイドルにハマって復活しました」と語っていた。

彼女いわく「アイドルはファンが注いだ金と愛とエネルギーをパフォーマンスで返

してくれるので、中高年女性におすすめです」とのこと。

たしかに我が子は課金しても巣立っていくし、逆に巣立ってくれないと困る。だが子どもが巣立った後に心にポッカリと穴が開き、宗教やねずみ講にハマるのも困る。そう考えると、心の穴を埋めてくれるアイドルはありがたい存在だ。

彼女は「母の友人たちもつられてハマって、家でＤＶＤ上映会とかして楽しそうですよ」とおっしゃる。「あと韓流アイドルって新しいグループがどんどん出てくるし、1つのグループが10人前後いるので、『メンバーを覚えるのがボケ防止につながる』と母は言ってます」とのこと。

アイドルにハマると脳トレにもなるらしい。ＤＨＡやイチョウ葉エキスに課金するより、イケメンに課金する方が喜びも大きいだろう。元気のないお母さんには、サプリよりアイドルのＤＶＤをプレゼントした方が良さそうだ。

うちの義母（夫の母）もヨン様にハマって、カレンダーや写真集を眺めては「これが一番の生きがいだ」と語っていた。その姿を見ながら「ヨン様が死んだら、日本のおばあさんが大量死するんじゃないか」と思った。

そんな義母は氷川きよしファンのご婦人方を「演歌聞くなんてオバハンみたい」とディスり、息子に「自分はオバハンじゃなくおばあさんだろう」とディスられている。

演歌といえば、数年前、北島三郎のコンサートを観に行った。たまたまチケットをもらって行ったのだが、会場につくと**「ここはデンデラか？」**とひるむぐらい、おばあさんたちの軍勢に囲まれた。

『与作』を聞いて涙するババア先輩や、『まつり』を聞いてフィーバーするババア先輩の姿に「先輩方のためにも、さぶちゃんが長生きしますように……」と合掌した私。

さぶちゃんのコンサートはオールシッティングで、観客が席を立つとスタッフが手をとって誘導してくれる。「介助なしでトイレに行ける俺ってヤング」とひさびさに若者気分を味わった。

デンデラの中では若手だったが、腐ってもＪＪの私は体力に自信がない。先述のドルオタ女子も「オタ活は体力が命です！」と宣言していた。

彼女は「20代前半は推しのイベントがあると、週末に北海道と東北を回って、翌週は大阪と名古屋を回ってました」と語り、阪神タイガースの遠征よりハードな日々を送っていたそうだ。「でも最近は体力的にキツくて、バラードやトークの時間とか、すきあらば座って水を飲んでます」とのこと。

「それでも現場に行くと『生きててよかった……！』と多幸感に包まれるんですよ」と彼女。そんな感覚、シャブでもキメないと味わえない。

合法的にトリップできるのは羨ましいが、私は三次元の男に萌える才能がない。

小学生の時も周りは光ＧＥＮＪＩに夢中で『STAR LIGHT』や『ガラスの十代』のＣＤを買っていた。そういえば、作詞作曲のあの人もシャ（自主規制）。

シャブはさておき、当時から私はアイドルに興味がなく、『キン肉マン』や『北斗の拳』のキャラに萌えていた。

二次元萌えのオタク女子から、推しキャラの誕生日パーティーを開くという話を聞いた。

彼女いわく「『○○くんお誕生日おめでとう』と名前の入ったケーキを、推しの名字＋自分の名前で注文して、夫の誕生日を祝う妻気分を味わいます。『ラインハルト・フォン・ローエングラム』みたいな名前だとお店の人にびっくりされますが、推しなので平気です」。

「ロウソクもちゃんと年の数たてます。ファンタジー作品の人外キャラだと１００歳を超えてたりするので、ロウソクが松明《たいまつ》みたいになります。それをオタク仲間と吹き消して、バースデーソングを合唱します」

彼女は「こんなのオタクはみんなやってますよ」と言っていた。そうか、オタクはみんなやっているのか。私もベンキマンの誕生日パーティーを開こうか。彼は古代インカ帝国出身で年齢は2000歳なので、ケーキから火柱が上がるだろう。

趣味は人生にハリと潤いを与えてくれる。声優オタクの女子は「推しのイベントのためにエステに通って6キロ痩せました！」と言っていた。恋する彼女は会うたびに綺麗になっていく。

その一方で「もし推しが結婚したら、彼の幸せを願っているので『おめでとう』と言いたいです。ただショックで声が出なくなると思います……」と震えていた。

先日『浪費図鑑』という本を読んだ。

これはオタク女子の浪費事情を紹介する本でとても興味深かったが、中でも「東京ディズニーリゾートで浪費する女」の「ミッキーは『ご報告』のような不穏なワードを出してこない」「ミッキーは年をとらない、ゆえに自分が死ぬまでミッキーの活躍を見続けられる」という趣旨の言葉に、なるほど！　とヒザを打った。

ミッキーさんにはミニーさんという公式のガールフレンドがいるため、どこぞの女に寝取られる心配はない。そのうえ不老不死なので「ドナルドのクーデターで暗殺される」みたいな展開にショック死せずにすむ。

私は人が死にがちな作品が好きなので、未亡人になりやすい。『進撃の巨人』の某キャラが死んだ時は、1週間ほど体調を崩した。実母が死んだ時も原稿は遅れなかったのに、この時はギリギリの進行になってしまったので、なるべく死なないキャラにハマりたい。JJは心の傷の回復にも時間がかかるのだ。

JJ予備軍、アラサーのオタク女子たちは「最後に骨を埋めるジャンルはどこにする?」という話題で盛り上がるらしい。

「相撲にハマって着物で両国に通いたい」「宝塚大劇場に通って男役にときめきたい」といった意見が出るそうだが、たしかに相撲や宝塚は座って観賞できるし、ファンの年齢層も幅広い。

ちなみに神戸出身の私の周りには「祖母の代からヅカファンで、物心ついた頃には宝塚大劇場に通っていた」という、ヅカ沼で産湯につかったＪＪも多い。

子どもの頃から継続する趣味をもつ者もいれば、年をとって新たな趣味にハマる者もいる。ＪＪがハマりがちなジャンルに**「和とロハス」**がある。

20代の頃、酒と煙草とクラブ通いが好きだったＪＪが、久しぶりにＳＮＳでつながると「着物で京都のお茶会に」「有機野菜でマクロビを」とか書いていて「会わない間に何があった？」とギョッとする。

会わない間に別人格に乗っ取られたのかもしれないが、確実にあったことは加齢だろう。年をとると「日本」や「自然」に原点回帰したくなるのか。

その気持ちはわからなくもない。ＪＪはランバダよりも日本舞踊が似合うし、着物は露出度が低くボディラインも出ないので、ＢＢＡに進化しても着こなせそうだ。

また、若い頃は「なんでおばあさんは草花を育てるのが好きなんだろう？」と謎だったが、最近は私も草花を育てたい欲が出てきた。己の生命力が枯れてゆくにつれ、植物の生命力に惹かれるようになるのか。

「田舎で畑をやりたい」とか言い出すジジイたちも、同じ心境なのかもしれない。

とはいえ、私が着物や園芸にハマっても長続きしないだろう。拙僧は三日坊主ならぬ**三日阿闍梨《あじゃり》**を称するほど飽きっぽい性格で、習い事なども続いた例しがない。唯一続いている趣味は、女友達と集まってしゃべることだ。現在もJJ会をしょっちゅう開いているし、最後に骨を埋めるジャンルは「BBA会」になるだろう。

女子校魂は百までなのか、私は女しか存在しない空間が心地いい。

若い頃は男女混合バーベキューなどにも参加したが、最近は「どう考えても女だけの方が楽しいだろ」と開き直り、広告会社時代の同期とも「女だけで集まろうよ」とJJ会をしている。

そして、男の同期の悪口（「あいつは同期の○○ちゃんを振ってスッチーと結婚した」など）で盛り上がる。ちなみにCAをスッチーと呼ぶのもJJあるあるだ。

「日本人が恋愛しないのは、欧米のようにカップル文化がないから」と言われるが、私は同性文化の国に生まれてよかった。お陰でレストランやバーやどこでも、女同士で出かけられる。最近はラブホテルの女子会プランも人気だという。

スウェーデン在住の親せき（義母の妹、バツ2の70代女性）は「彼氏が巨乳好きだから豊胸手術を受けた」と話していた。また、彼氏とケンカするたびに義母に電話をかけて愚痴っている。それを見ると「アラ古希になってまで男に振り回されなあかんのか」と渋い顔になる。

だったらヨン様や韓流アイドルを生きがいにする方がずっといい。

義母は飲み屋のママをしながら、女手一つで息子を育てた。かつて店に通ってくれたスタメン客は鬼籍に入る世代に突入し、喪中ハガキを見ながら**「ファンがどんどん死んでいくわ～」**と呟いている。

たまに存命のファンから食事の誘いがあるが、「男はもうたくさん」とBBA会に出かけている。たしかにアラ傘寿になって「すご～い♡」「イカが透き通ってる～♡」

とか言いたくないだろう。

老後は私もデンデラのようなＢＢＡ会に参加したい。そして夫が死んでリアル未亡人になった暁には、男子禁制の尼寺のようなシェアハウスで暮らしたい。

そうなったら剃髪《ていはつ》してもいいかもしれない。ツルツルにすれば頭皮も匂わなさそうだ。外道坊のように刀を仕込んだ錫杖を握りしめ、薫尼《くんに》と名乗るのもいいなあ……と夢見るＪＪなのであった。南無。

老後資金を貯めるために、ＪＪは薫尼を目指すべきか

ＪＪ（熟女）が集まると、必ず金の話になる。

41歳といえば初老ゾーンに突入して、リアルに老後を考えるお年頃。老後に必要なのは「ヒトとカネ」だと言われるが、金がないと友達と食事にも行けない。そして友達と食事に行かなくても死なないが、明日食う米がないと死ぬ。そこで「やっぱ最後は金だな」「老後資金はいくら必要か？」という話になる。

老後に必要な金は3千万とか5千万とか言われるが、問題は人によって寿命がバラバラという点だ。65歳で死ぬなら貯金はさほどいらないかもしれないが、１０５歳まで生きてしまう可能性もある。

マラソンだってゴールまで何キロかわかっているからペース配分ができるわけで、「何キロか教えないが、とりあえず走れ」なんて神も無茶ぶりすぎるだろう。国会で

安楽死法案が可決されて「私は72歳でフィニッシュします」など、自分でゴール設定できるようにしてほしい。

だが保守的なこの国で安楽死が解禁されるとは考えづらい。となるとやはり、老後のために金を貯めるしかない。金を貯めるには、収入を増やすか支出を減らすしかない。

と頭ではわかっているが、JJ仲間に「投資とか節約とかやってる？」と聞くと「何もやってない」という答えが返ってくる。

というのも、JJは**「見た目は老化、頭脳は若者」**という逆コナンくんが多いのだ。子どもの運動会で転んでケガするお父さんと同じで、若い頃のままの感覚で生きているため、「金を貯めないとケガするぞ」と脅されても、いまいちピンとこない。

それに投資や節約に成功するのは、もともと投資や節約が趣味の人であって、興味のない人がやっても失敗するか長続きしないものだ。

以上、できない理由を並べて老後は野垂れ死ぬぞ！　路上生活者に俺はなる！　と威風堂々宣言できればいいが、そこまでの覚悟もない。リッチで優雅な老後を送りたいとか、ブランデーグラス片手に摩天楼から下界を見下ろしたいとか思ってないが、ホームはレスせずに生きていきたい。

そのために何ができるか？　と考えて**「薫尼を真剣に目指すべきか」**と思い至った。前回のコラムで「老後は男子禁制の尼寺シェアハウスで暮らして、薫尼と名乗りたい」と書いた。

リアル薫尼になれば、大幅な節約が可能だ。まず剃髪することにより、髪にかかるコストを削減できる。ＪＪは白髪が増えたり髪が痩せたり、メンテナンスに金がかかるお年頃。そもそも髪がなければ、美容院代やヘアケア代がゼロになる。

それに尼僧がフルメイクだとＡＶ感が強すぎるし、すっぴんの方がしっくりくる。素肌に胡麻油でも塗って光らせれば後光感を演出できるし、胡麻の香りにつられて虫が寄ってくれれば、生き物を引き寄せるブッダ感も演出できる。これでメイクやスキンケア代も浮いた。

さらに服も僧衣1着ですむため、衣料費もカットできる。着古したボロボロの僧衣の方が徳も高そうだし、街を歩いていたらミルク粥とかもらえそうだ。

そのうえ、外野の騒音もカットできる。「いくつになっても女を捨てるな」「若々しくキレイであれ」とやかましい連中を「俗世捨ててるんで☆」と錫杖でしばきまくるのも一興だろう。

そんな想像をしていると、すぐにでも出家したくなってきた。とはいえ本物の尼さんはAKB以上に戒律が厳しそうなので、ファッションやスタイルだけ尼さんの丘尼《おかあま》を目指したい。響きがオカマに似すぎているが、JJとオカマは親和性が高いのでオッケーだ。

老後には金も必要だが、生きがいとなる趣味も必要だと言われる。たしかにTVでおばあさんのチアリーディングチームとか見ると、イキイキと終末をエンジョイしている。だが20歳でチアリーダーを目指さなかった人間が70歳で目指すとは思えない。

私はこれといってハマる趣味がない。ゆえに趣味にドハマりしているオタク女子が羨ましいが、彼女らは「オタ活に金がかかるため、貯金ができない」と口をそろえる。

前回登場したドルオタ女子は「オタク女の本尊へのお布施は、年をとるほどに〝本人に課金したい欲〟が強くなるんですよ。接触イベントでは握手するよりも万札を渡したいです」と語っていた。

続けて「元KAT-TUNの赤西くんのファンは、赤西くんの自宅の公共料金の払込票を郵便受けから盗んで払ってくれてたそうです」と言っていたが、本当だったら犯罪じゃないか。そんな彼女も「推しの水道代や光熱費を払いたい……!!」と荒ぶっていた。

私もゴールデンカムイの谷垣ニシパは好きだが、ニシパの水道代や光熱費を払いたいとは思わない。オタク女子の推しへの愛情の深さには、萌えや性欲を超えて母性を感じる。

ドルオタの彼女は「推しが結婚したらファンをやめる子もいますが、私はむしろ賢くてしっかり者のお嫁さんに来てほしいです」と完全に母親目線だった。

そのうえ「推しが結婚して子どもが生まれたら、その養育費の一部は自分のお布施で成り立ってるし、もはや孫では？　推しのDNAを未来につなげるなんて最高では？　と感動して、ますます課金しがいがあります」と語っていた。


老後も孫の成長を楽しみにできるなら、貯金などなくてかまわないだろう。と言いたいところだが、普通にかまうだろう。推しは家賃も葬式代も出してくれない。そこで彼女も言っていたのが「老後は女友達とオタクシェアハウスに住みたい」。

そう、1人1人の力（主に経済力）は弱くとも、みんなで集まれば何とかなる!!

……ような気がする。


私もJJ仲間と「みんなでお金を出し合って共同生活して、最後に生き残った1人が残金をもらって介護施設に入ろう」と超ざっくり計画を立てている。メンバーの中には会計士もいるので、細かい計算は彼女がやってくれるだろう（丸投げ）。

尼寺シェアハウスで暮らせば、少なくとも独居老人腐乱死体として行政の世話にならずにすむ。それに毎日ＢＢＡ会でしゃべっていれば、ボケにくいんじゃないか。
ＢＬ研究家の金田淳子さんも「みんなで80歳になってもカップリングでケンカとかしながら楽しく暮らしたい」と話していた。腐女子は腐《ふ》婆婆《ばーば》から腐《ふ》死鳥《しちょう》へ進化すると聞いたが、**「腐死鳥シェアハウス」**なんて響きもすごくカッコいい。

ネットの記事で「老後に金のかからない趣味」として「老眼で読書がつらいならＣＤで聴こう」と「耳から読書」を勧めていた。好きな声優のＢＬＣＤをみんなで聴けば、ＢＢＡ会が盛り上がること間違いなしだ。

その他、老後に金のかからない趣味として折り紙・手芸・将棋などが挙がっていたが、おすすめ第1位は塗り絵だった。

塗り絵はカラーセラピー効果もあると言われて、大人の塗り絵本も流行っている。その記事には「塗り絵自体も手作りして、友達に配ったら喜ばれそうですね」と書いていたが、それは捨てるに捨てられないやつだろう。

というわけで、次回のＪＪ会は塗り絵をすることに決まった。ついに私も**塗り絵沼**にハマるかもしれないが、色鉛筆代ぐらいしかかからないので、きわめて安全な沼だと言える。

塗り絵が楽しかったら、次は仏を彫ってみたい。フェリシモから「わたしの秘仏仏像彫刻入門」シリーズが出ており、地蔵菩薩→薬師如来→白衣観音とステップアップしていくコースらしい。

「家に仏がどんどんたまっていきそう」「友達にプレゼントしたら困惑されそうだし、捨てたら縁起が悪すぎるよね」とＪＪたちで話し合ったが、薫尼を目指す者としてはトライすべきだろう。

図工の時間、版画を彫りながら彫刻刀で指をぶっ刺す生徒がいたが、ＪＪは目がかすみがちなお年頃。秘仏を鮮血で染めないように注意したいと思う。

若い頃は、自分が仏像彫刻に興味をもつとは思わなかった。やはり自身もホトケ（遺体）に近づいているからか。

20代は「友達の結婚式にどんな服を着ていくか」で盛り上がったが、40代は「親せきの葬式にどんな喪服を着ていくか」で盛り上がる。**喪服の出番が多くなる、もＪＪあるあるだ。**

アパレル業界で働くＪＪは「必要に迫られて定価で買うと高いから、百貨店のセールの時に買うのがおすすめ」「何度も買い替えるものでもないし、ババアになっても着られるシンプルなデザイン、かつ太った時のためにゆったりめを選ぶべし」とアドバイスしていたので、若いお嬢さんは参考にしてほしい。

映画『おくりびと』を観た時も、話はつまんねえなと思いながら「棺桶にもいろんなランクがあるんだな」と実用面に注目した。

祖父が93歳で亡くなった際は、葬儀場のＢＧＭで『TSUNAMI』が流れて「なんでサザンやねん、ジジイ殿は聞いたこともないだろう」と思い、ＢＧＭは事前に決めておくべきだと思った。

ちなみに祖父は若い頃ギャンブラーだったのだが、デイケア施設のゲームで「１等になった」と誇らしげに語っていたので、やはり三つ子の魂百までだ。

私も女子校育ちで女だけの空間が快適なので、尼寺シェアハウス暮らしが合っていると思う。そして、老後は**ババア向けのオンラインサロンをしたい**。

読者の方から「中学の時から読んでいて、今は社会人として働いてます」といったメールをよくもらう。私も読者もいっしょに加齢していくわけで、ババアになった暁にはみんなでチャットしたりオフ会を開いたりしたら楽しそうだ。ババアオフ会で塗り絵や仏像彫刻をするのもいいだろう。

そんな老後の夢を叶えるためにも、なるべく健康でいたい。そして健康でいるためには、金がいる。人間ドックを受けたり定期健診に通ったり、そのうちインプラントとかも必要になるだろうし**「衣料費より医療費がかかる」**もJJあるあるだ。

私がツイッターに「ご報告」とツルッパゲの写真をアップしたら「いよいよ老後資金を貯める気になったんだな」と思ってほしい。

怒れるＪＪは１人で藁ドールを作らず、みんなでＪＪ音頭を踊ろう

今回のテーマは「ＪＪ（熟女）と怒り」。

「男どもにションベンぶっかけて、皆殺しにしてやるのさ！」

映画『デンデラ』に出てくるセリフである。デンデラは姥捨て山に捨てられた老女50人が力を合わせて生き延び、村人たちに復讐を目論むストーリーだ。

怒れる50人のババア軍団は、メッチャ寒さに強い。私だったら2分で凍死しそうな、八甲田山みたいな雪山で戦闘訓練を行う。「デンデラはオレたち女だけのものさ！」と蓑をかぶって竹やりを握る姿は勇ましいが、小柄なおばあさんたちなので、絵面はイウォークみたいでかわいい。

老け専にとっては**「俺の考えた最強のＢＢＫ50（ババアばっかり50人）」**出演のア

イドル映画だろうが、デンデラはかなりのカルトムービーだ。老女たちが熊にバラバラに惨殺される場面もあって、グロみが苦手な人はしんどいと思う。

あと熊の着ぐるみ感がすごい。

とはいえ、ランボーのようにバンダナを巻く草笛光子先輩や、亀の甲羅のアイパッチをつけた倍賞美津子先輩の姿に「カッコいい……！」と痺《しび》れた。

映画館で『マッドマックス 怒りのデス・ロード』を観た時も、女戦士フュリオサに扮したシャーリーズ・セロン先輩に痺れて失禁しそうになった。年をとると頻尿気味になるので、上映中に尿意を催すのはＪＪあるあるだ。そろそろハルンケアの出番かもしれない。

私は昔から闘う女に憧れている。

以前**「ロシアの老婆、襲ってきた狼を斧の一撃で屠《ほふ》る」**というネット記事を見かけた。「恐怖は一切なかった。わざと左手を出して噛みつかせて、喉の奥に手を突っ込んで狼の動きを止めた。痛みは無視した。後は渾身の力で頭をかち割った」というコメントを読んで「私もこんなババアになりたい」と思った。

夫と付き合いたての頃に「誕生日プレゼント、斧はどうかな？」と言われて耳を疑ったが、あの時に斧をもらっておけばよかった。だが、もらっても使いこなせなかった可能性が高い。

私は〝気は強くて力は無し〟タイプなので「ふざけんなコノヤロー！」と言葉でアウトレイジすることが多い。

一方、怒るのが苦手な人や、「口ゲンカで勝ったことがない」と全敗神話を誇る人もいて、そういうタイプは八つ当たりの標的にされやすい。「ストレスをぶつけられても言い返せなくてつらい」と悩む人のために、対抗策を考えてみた。

1つめは、**ネズミ返し**。「ストレスがたまるとお肌も荒れるよね！　いい化粧水があるんだけど」とア●ウェイの商品を紹介する。

2つめは、**スピ返し**。プギャーとわめく相手に対して「神様はどんな試練を与えようとしているのでしょうか」とひたすら神視点で返す。これは某森友問題の時の総理夫人のメールを参考にするといい。

3つめは、**右翼返し**。「この曲を聞くと元気が出るよ！」と軍歌を流して縦揺れする、もしくは「私も超ムカついててさー！」と共産党の悪口を言う。すると相手は「こいつヤバい奴だ」と距離を置いてくるだろう。

私自身はそんなソフトなやり方じゃなく、ムカつく相手はキャンと言わせたい方である。

特にムカつく元彼などは「貴様には地獄すらなまぬるい！」とバラバラにしてやりたい。だが実際やるとお縄を頂戴するので、元彼からナメたメールがきた時にバラバラ死体の画像を送り返した。

私はAMというサイトで連載しているが、そちらの担当女子（呼び名はアサシン）は、パワハラ上司の机をスカトロ写真で飾りつけたという。暗殺者の名に恥じぬリベンジぶりである。

この手の話をすると「女は怖い」と抜かす輩がいるが、そいつの自宅の外壁をスカトロ写真で飾りつけたい。そして、男に怖がられる己でよかったと言いたい。
怒るべき時に怒れない女性が、パワハラやセクハラの餌食《えじき》になりがちだからだ。

強めの美人のアラサー女子が「男に壁ドンされたら、とっさに頭突きすると思います」と話していた。彼女は中高の6年間電車通学だったが、一度も痴漢に遭ったことがないらしい。つねに闘気を発することが、自分を守るウォールマリアになるのだ。

当連載の担当・羽賀さんも、闘気みなぎるＪＪだ。先日、電話で打ち合わせした時も「私は四六時中怒ってますが、日本には『女はいつもニコニコしてろ』みたいな外圧がありますよね！」と怒っていた。
「こっちは理由があって怒ってるのに『そんなにカリカリしないで』とか言われると、爆破したくなります」とのこと。

日本には「女は笑顔が一番」的な価値観があるが、フランスでは無駄にニコニコしている女はアホと思われるらしい。また、ＪＪが怒ると「更年期ｗ」「ババアの嫉妬

w」と揶揄する連中も多い。そんな奴らは渾身の力で頭をかち割っていい、ロシアのババアも加勢してくれるだろう。

TVで某お笑い芸人が「結婚せえへんの？　と聞くのがセクハラなら会話できへん」と言っていたが「おまえそれ、自分の上司や取引先の女性にも聞くか？」という話だ。セクハラもパワハラも立場が上の者が下の者にするのが常であり、女子アナが「殺すぞジジイ！」とみのもんたの指をへし折れるかというと、無理だろう。

ハリウッドの大物プロデューサーによるセクハラ事件も、被害に遭った女優たちは「仕事を干されるのが怖くて告発できなかった」と証言している。

老害は「セクハラされても笑顔であしらうのがいい女」とほざくが、笑顔であしらっている女たちも立場的に怒れないだけで、深夜に「殺すぞジジイ！」と藁ドールの製作に励んでいるのだ。

しかし藁ドールを爆破するだけでは物足りない。鼻くそを自在に爆弾に変えるスタンド能力が欲しい。

だがここは杜王町じゃないので、矢が飛んでくる気配はない。スタンド能力を持たない我々は、立場が上の敵とどう闘うべきか？

セクハラ加害者の常套句は「相手が嫌がってると思わなかった」なので、まずはハッキリ意思表示する必要がある。だが「自分は怒っている」と表明するために、ケンシロウのように服をビリビリに破いて半裸になると、余計に敵を喜ばせてしまう。

そこで、ラオウのように血管を浮き上がらせてはどうか。額に10本ぐらい青筋が立っていれば、「すごく怒ってるんだな」と敵もさすがに気づくだろう。

ＪＪは何もしなくても血管が浮き上がるお年頃。加齢によって皮膚が薄くなることが原因らしい。

私はもともと血管が極太で「注射しやすい」と看護師さんに褒められてきた。「血管が細くて注射の針が入らないの……」という女子の嘆きを聞くたび「そっちの方がモテそうやな」とひがんできた。

だが注射や点滴をする機会が増えるJJとしては、血管が浮き出ている方が便利である。これもJJ力として前向きに受け止めたい。

年をとって丸くなる人もいれば、逆に怒りっぽくなる人もいる。私の場合は「キエーッ!!」と天人唐草のように爆発する機会は減った。

テストステロンの分泌盛りだった20代は、しょっちゅう天人唐草していた。彼氏とケンカして「キエーッ！　もう別れる！」と深夜に家を飛び出すこともあった。

飛び出した私を彼が追いかけてきて、熱い抱擁&キッス……的な展開を期待するものの、後ろを振り返っても誰の姿もなく、しかたなくコンビニでおやつを買って帰宅していた。

担当羽賀さんも「わかる！　私も昔はよくやってました」と同意する。

「彼氏とケンカして深夜の街を追いかけっことかしてましたね。私の場合、女子校育ちで少女マンガ的な展開に憧れがあったのかもしれません。そういうメンヘラ劇場に付き合ってくれた彼氏には感謝の気持ちでいっぱいです」とのこと。

　ＪＪになると、深夜にドロケイする体力もない。横断歩道を走るだけで心臓麻痺を起こしそうなのに、無茶すると本気のデスロードになってしまう。それに、ケンカするとやっぱり後味が悪い。気まずい空気を引きずるのもストレスだし、シワや白髪が増えそうである。

　そこで、ＪＪ独自のルールを導入してはどうか。

　体格差が少なければ、相撲で勝負をつける。相撲がキツければ、囲碁や将棋もいいだろう。いかに素早く金魚を飲んで出すかの人間ポンプ対決もおすすめだ。なんにせよ、怒りをためこむのはよくない。我慢に我慢を重ねた結果**「夫　死んでほしい」「トリカブト」**でネット検索する羽目になる。

　ただでさえ、ムカつくことの多い世の中である。男尊女卑アレルギーの私は、ノミやダニが多すぎて鼻水が止まらない。もともと男尊女卑な言動に触れると「駆逐してやる……！」と瞳孔《どうこう》が開く方だが、昨今ネットの炎上などを見ていると瞳孔が開きっぱなしで、目ヤニも止まらない。

だからこそ、ストレス発散が大切なのだ。デンデラでもババアたちが焚火を囲んで踊ったり、屠った熊の血で乾杯したりしていた。

我々も宴を開いて**「あいつらノミと同類よォーッ！　パパウパウパウ♪」**とJJ音頭を踊ろう。そしてギャル神輿ならぬJJ神輿をかついで、愉快に街へと繰り出そう。そんな勇猛果敢なJJ軍団を見れば、ションベンぶっかけて皆殺しにしなくても、敵はビビッて失禁するはずだ。1人で藁ドールを作るより、そっちの方がずっと楽しい。

これが21世紀の女の闘い方ではないだろうか。パパウパウパウ♪

JJ初めての○○に挑戦！　イケメンの乳首で若返り、石原さとみ風のブスになる

JJ（熟女）になると減るもの、それは新規開拓欲求だ。

若い頃は新しい場所に出かけて、新しい人と出会い、新しい経験をしてみたかったが、今は新しいことがダルい。食事に行く時も、馴染みの友達と馴染みの店で馴染みのメニューを頼む。

浮気や不倫をする人は、性欲よりも「新しい人とチョメチョメしたい」という新規開拓欲求が強いんじゃないか。年をとるとチョメチョメするにしても「馴染みの夫でいいや、面倒くせえし」と思うようになる。

JJは刺激がしんどいお年頃なのだ。20代は激辛メニューに挑戦したりもしたが、40代になると胃腸も弱る。ヘタに蛮勇を発揮して「よーし、この高い樹から飛び降り

てみよう！　あしたって今さ！」とジャンプしたら、両足首を骨折する。
とはいえ、新しいことを何もしないのはどうなのか。私が「元気なおばあさんだなあ」と感心するのがデヴィ夫人だが、以前インタビューで**「若さの秘訣はチャレンジ精神」**と語っていた。

デヴィ先輩は御年78歳にして、空中ブランコ・スカイダイビング・瓦割り・イルカに乗る……など、さまざまなことにチャレンジしている。
保育士の仕事に挑戦した時は、お絵かきする子どもに「何を描いてるの？」と聞いて「ドラえもん！」という回答に「ダライラマ？」と聞き返していた。ダライラマを描く保育園児がいたら、それは次期ダライラマ候補だろう。

デヴィ先輩は「挑戦する気持ちを失った時が、自分が年をとったということになるんじゃないでしょうか」と語っていた。私も「初めての〇〇」にチャレンジすべきかもしれない。

ちなみに「初めての老化」には日々遭遇している。ＪＪは毎日が発見の連続、しゃかりきコロンブスなので、最近も首に老人性イボを発見した。女友達が「それは皮膚科で簡単にとれるよ！」と教えてくれて、ＪＪネットワークのありがたみを感じた。

若い頃はイボもできず肉体は健康だったが、メンがヘラヘラで、毎日がジェットコースターだった。ＪＪになりメンが安定して平穏な暮らしを送っているが、平穏すぎてボケると困る。

そんなわけで「初めて〇〇」に挑戦することにした。

１つめは**「ＪＪ初めての大衆演劇」**。

先日、大衆演劇ファンの20代女子に連れて行ってもらった。彼女は子どもの頃から女装男性が大好きで「女形を見たい……!!」と観に行ってハマったんだとか。今では推しの劇団を追いかけて全国行脚しているという。

その日連れて行ってもらったのは、神戸にある新開地劇場。新開地はご当地キャラの「８９３くん」が人気で……というのは嘘だが、まあそういうテイストのエリアで、劇場のすぐそばには競艇場がある。

劇場の扉を開くと、そこは**下町のデンデラ**だった。観客の9割はババア先輩方で、客席の豹柄率がすごい。

公演のプログラムは歌謡ショー↓お芝居↓歌謡ショーと3時間半に及ぶが、チケット代はたったの１８００円。客席での飲食も自由で、先輩方は銀紙で包んだおむすびを食べたり、アメちゃんポーチから黒飴や黄金糖を出して交換し合ったりと、のびのび観賞していた。

その劇団には若いイケメンの役者も多く、推しが登場すると「キャー!!!」と歓声が上がる。ババアになっても黄色い声って出るんだ、と心強さを感じる。

胸元をはだけて乳首をチラ見せしてくる役者もいて、「おばあさんにとって若いイケメンの乳首は仙豆以上の栄養価だろう」と思った。私も法令線が伸びるのを実感した。

第2幕は国定忠治モノの時代劇で、「まったくババアは使い物にならねえな!」といった客いじり的なセリフにババアたちが爆笑していた。やはり言葉は誰が言うかだ。同じことを安倍総理が言ったら進退問題になるだろう。

第3幕の歌謡ショーのラストでは、三代目J Soul Brothers from EXILE TRIBEの『MUGEN ROAD』が爆音で鳴り響き、ホスト風の紋付袴の役者たちがヒップホップ風のダンスを踊っていた。だが顔は時代劇メイクのままなので、多国籍すぎてポカーンとなる。

おまけにド派手なレーザー光線とライトが点滅しまくって「ポケモンみたいにおばあさんが失神するんじゃゃ?」と心配になったが、先輩方の顔は多幸感で輝いていた。

公演終了後に劇場を出る時は、役者たちが全員でお見送りしてくれる。肩を組んでツーショット写真を撮ったり、おしゃべりしたりもできて、料金は発生しない。

オタク女子から「地下アイドルのイベントで写真集を買うと一緒にチェキを撮れるので、同じ写真集を10冊買いました」といった話を聞くが、地下アイドルより大衆演劇のアイドルにハマる方が財布には優しい。

なにより、屋内でオールシッティングなので体に優しい。ＪＪは野外フェスとか体力的にキツいし、モッシュとかすると命に関わる。

「年をとって、お金があまりなくても、楽しめるものはいっぱいあるなあ」と思いながら、私は劇場を後にした。すぐそばの競艇場の前では、おじいさんたちが道に座ってワンカップを飲んでいた。

それも楽しそうだが、やはり私はギャンブル沼よりアイドル沼につかりたい。次回は黄金糖をポーチに入れて参戦する所存だ。

続いて、2つめの挑戦は**「ＪＪ初めてのメイクレッスン」**。

美容オタクのライター女子から「雑誌や広告で活躍するヘアメイクさんからレッスンを受けられますよ」と教えてもらって、ＪＪ仲間と行ってきた。

そのレッスンは持参した自前の化粧品を使ってくれて、商品の営業もされない。それでお値段は1時間6000円とリーズナブル。なによりヘアメイクのお姉さんがナチュラルで素敵な人で、柳原可奈子のコントみたいなBA感は皆無だった。

私は**「石原さとみにしてください!!」**と明朗快活に言ってのけ、JJらしい太メンぶりを見せつけた。その後のレッスンでは「石原さとみに寄せつつ、自分の顔に似合うメイク」を教えてもらった。

たとえば「毛は若さの象徴だから、JJは眉毛をふっさり太めに描くべし」が定説だが、太眉が似合う顔と似合わない顔があって、私は似合わない顔らしい。たしかに今回、眉をシャープにカットしてもらって「ピンポン、越後製菓!」「正解!」というのがよくわかった。人によってメイクの正解は違うのだ。

また「乾燥しがちなJJはフェイスパウダーを使わない方がいい」などのアドバイスや、効果的なコンシーラーやアイラインの入れ方など、目からウロコのテクニックも教えてもらった。

そしてメイク完成後、鏡を見て息を呑んだ。**「石原さとみ風のブスが……！」**。顔の作りは変わらないので、いきなり美人に変身したりはしない。6000円で美人になれるなら高須クリニックも湘南美容外科もいらないし、この世からテロも戦争もなくなるだろう。だが〝石原さとみ村一番のブス〟という風情になれたので、大満足である。

ちなみに同行した友人は〝浪速の石田ゆり子〟と呼ばれる美JJなので、美人度がさらにアップしていた。レッスン後、ゆり子と中華料理屋に行き「プロってすごいねえ」と話しながら、小籠包をもりもり食べた。JJになっても食欲は衰えず、〝石原さとみ村一番のデブ〟の称号も得られそうだ。

そこでゆり子から「次は何にチャレンジをするの？」と聞かれて**「JJ合同結婚式をしないか？」**と提案した。先日、某ウェディングサイトの取材を受けて「JJ仲間とウェディングドレスを着て写真を撮ってパーティーしたら楽しそう、新郎はナシで」と話したのだ。

しかしゆり子は「いやべつにウェディングドレス着たくないし」と塩対応。おらが村に乙女はおらんのか。せっかく担当者からおすすめのフォトスタジオも教えてもらったのに。

「40代のウェディングドレスはキツいんじゃないか？」とゆり子は言っていたが、日本は世界屈指の晩婚大国。

ネットのウェディング記事には「40代の質感が増した肌は、それが味となってドレスの緻密なディテールとの一体感が増してくるのです」と書いてあり、物は言いようやなと思ったが、我が国にはＪＪにも似合うドレスがあるだろうし、この飛行できそうな二の腕もカバーしてくれるだろう。なにより、俺たちにはフォトショップがついている。

とはいえ、１人で写真を撮りに行くのはつまらない。こういうのは女同士でキャッキャウフフするのが醍醐味だ。

そのスタジオはウェディング以外の写真も撮れるそうなので、「義母を誘ってみようかな」と思いついた。だが**「遺影を撮りに行きませんか？」**と提案したら、鬼嫁と思われるかもしれない。

それにしても、空中ブランコや瓦割りといったデヴィ先輩のチャレンジに比べて、私のチャレンジはゆるゆるだ。

だが、私と先輩では根性が違う。先輩は逆上がりに挑戦して達成できず、悔し涙を流していた。私だったら「7歳でできなかったものが77歳でできるかよ」と1秒で投げ出すだろう。

なにしろ先輩は20代で大統領の第3夫人となり、クーデターを生き延びた人物。一方の私はクーデターが起きたら真っ先に死ぬモブである。モブはモブらしく、胸を張ってゆるく生きよう。

先日、デヴィ先輩より3歳年上の義母に「この前クシャミをしたら尿漏れしたのよ！」と報告されて「お義母《かあ》さん、それは誇っていいですよ」と返した。

40代女性の3割に尿漏れがあると言われるのに、80歳で初めての尿漏れに遭遇するなんて立派なものだ。義母は見た目もとても若いが、骨盤底筋も若いのだろう。

私はナウシカの大ババ様のようなババア然としたババアに憧れているが、バッシャバシャ尿漏れするのは避けたい。義母は昔ホステスさんをしていたのだが、スナックのママから「ボーッと突っ立ってるヒマがあったらマンコ体操しなさいよ！」と言われて、ケーゲル体操に励んでいたらしい。私も股間のアンチエイジングに励もうと決意した。

ここまで書いて「このコラムって元旦に更新されるのか」と気づいた。新年早々、尿漏れの話で恐縮だ。だが40年も生きていれば、新年といっても特に目新しくない。なので気は引き締めず股間だけ引き締めて、本年もゆるゆるやっていこうと思う。

女叩きに付き合ってる暇はない！
ＪＪは夜の女子会で若気の至りを語り合おう

文庫『アルテイシアの夜の女子会』が２０１８年2月に発売された。「夜の女子会」というタイトルからお察しの通り、中身は１００％のエロだ。10年にわたって執筆したエロコラムを集めた1冊で、**若気の至りの詰め合わせ**のような内容である。

お陰さまで当方、若気の至りだけは売るほどある。

たとえば20代、朝、彼氏にフェラしてから女友達とランチに出かけたら、食事中に口内に違和感を覚えた。「?・?・?」と思って舌でゴニョゴニョしてみると、

アルテイシアの口から陰毛があらわれた！

とドラクエ風に大騒ぎになった「口から陰毛事件」。

他には「ダイヤのピアス事件」もあった。これも20代の頃、ラブホでおセックスとしゃれこむ前に、ダイヤのピアスを外してティッシュでくるんで枕元に置いた。翌朝、目覚めると枕元には精液まみれのティッシュの山が。

ひとつずつニオイを嗅《か》いでアタリを探したが、どうしても片方が見つからなかった。その時、私は大いなる教訓を得た。


「ピアスはティッシュでくるまない」


ラブホはモノが消えがちなスポットだ。心霊現象的なナニがアレなのかもしれない。「どうしてもパンツが見つからなくてノーパンで帰った」と証言する女友達もいる。

ノーパン帰宅できたのは若さゆえだろう。JJ（熟女）は冷えが命に関わるお年頃、男のパンツを奪ってでも保温に努める。

命に関わるといえば、AMの担当アサシン嬢がこんな話をしてくれた。

「20代の頃、宅配便が来て目が覚めたんですよ。玄関を開けると、配達のお兄さんがギョッとしていて。というのも、私の首からローターがぶらさがってたんです」

前の晩にオナニーしたまま寝落ちして、首にローターのコードが巻きついていたらしい。そのまま窒息死しなくてよかった。刑事ドラマで「新人が吐く現場」があるが「新人が笑いをこらえる現場」になっただろう。

アサシンという二つ名なのに、自分が死にかけてどうする。と言いつつ、私も何度か死にかけたことがある。

夏の夜、ネグリジェを着てパンツを脱いでオナニーしたまま眠りについた。翌朝「やばい、今日ゴミの日だ！」と飛び起きて、マンションの階段で転倒、すそがめくれてマンチラ状態に。

打ちどころが悪かったら、マンモロで救急車で運ばれていたかもしれない。

性欲がらみの事件は他にもある。20歳の時、彼氏の奈良の実家に行った時のこと。そこはラブホもない田舎で、血気盛んだった我々は「カーセックスするか」「やってやろうじゃねえか」と山奥へと向かった。そして山道で車をバックさせた瞬間、後輪が用水路にハマった。

その時に初めて知ったが、車はメッチャ重い。若い2人の共同作業で引っ張りあげようとしたが、びくともしない。

あまりにびくともしないので「それでもカブは抜けません」「やっぱりカブは抜けません」「ネズミ呼んでくる？」とか言ってたら、彼氏に「なんでこんな時にふざけられるんだ！」と怒られて「ふざけんとやってられるか!!!」と100倍返しした。

当時はスマホどころかPHSもない時代。ホラ貝を吹くか、オオカミの糞を燃やして狼煙《のろし》をあげるしか通信手段はなかった。結局、2人で民家に駆け込み、電話を借りてJAFを呼んだ。電話を貸してくれたおばあさんに「なんでこんな山奥まで来たの？」と聞かれて「性欲のためです！」とは、言えなかった。

それが奈良県じゃなくグランドキャニオンだったら、谷底にダイブして死んでいたかもしれない。もしくはロビンマスクのように再起不能になり、その後ソ連でウォーズマンを発掘して、ムチでビッシビシしばいていたかもしれない。

バラクーダはさておき、あの命を脅かすほどの性欲はどこへ消えてしまったのか。

JJ仲間は「大学時代に性欲が抑えられず、証明写真のボックスでしたこともある」と振り返る。ハメ撮りも同時にできるが、バレたら通報案件だ。

別のJJは若い頃「1日に2人とセックスしたら膀胱炎になった、犯人はどっちだ？」と言っていて「犯人探しする前に自分がムチャしすぎや」と返した。

そんな彼女らも「あの性欲はどこに行ったんでしょうね……」「グランドキャニオンの谷底に落としてきたのかしら……」と空を見つめている。

若気の至りでいうと、私はお酒がらみのムチャもひどくて、ヘタしたら命を落としていただろう。大学時代、飲みすぎて寝ゲロしたこともあった。今は年季を積んで酒に強くなって吐かないが、飲み慣れない人間がムチャ飲みするのは本気でヤバい。

「最近の若者は酒を飲まない」とボヤく老害がいるが「そっちの方が無害じゃねえか！」とテキーラを噴射したい。ついでに「汚物は消毒だ〜!!」と火炎放射器で燃やしたい。

大学時代、私の自宅で飲んでいた時にゼミの後輩男子がゲロを吐いた。当時、うちには同級生の女子が居候していて、彼女は偏差値高めの元ヤンだった。その彼女が「先輩の家で吐くな！」と後輩をビンタしていて「ヤンキーは上下関係に厳しい」と実感した。

ちなみに先述のアサシン嬢の妹さんも元ヤンらしい。「私は腐女子のオタクでしたが、ヤンキーの妹は活字に興味がなくて、ワンピースとＮＡＮＡしか読んだことがありません」とのこと。

私は中高と女子校で、オタクはいっぱいいるがヤンキーはいない環境で育った。そこから国立大学に進学すると、地方出身の成績優秀なヤンキーが何人かいた。

ある時、同じ学部の元ヤン女子から相談を受けた。彼女はサークル仲間と付き合っていたのだが「高校時代、元彼のイニシャルを安全ピンで腕に彫ったんだよ。それを今の彼氏に打ち明けるべきか悩んでいて……」。

若気の至りの例文のような行動。腕を見せてもらうと「TM」と彫っていたので「Nを足して、TMネットワークのファンってことにしたら？」と提案したが、却下された。ネットワークじゃなくレボリューションを推すべきだったか。

その後、彼女は「根性焼きで消そうかな……」と呟いていて「さらにヤンキーらしい行動を！」と驚くと共に「ヤンキーは痛みに強い」と感心した。だから子どもをジャンジャン産めるのかもしれない。

私は痛みには弱いが、先述したように酒はわりと強い。大量飲酒しても顔が赤くなったり、頭が痛くなったりしない。ただ記憶がスポッと抜け落ちることがあり、それが悩みの種だった。

JJ仲間に「若気の至りエピソードってある？」と聞くと「そういえば、大学時代にサークルの男女で宅飲みしてた時、『トイレ行ってくる〜』と立ち上がって、廊下でズボンを下ろして放尿したわ」とおっしゃる。

「いや〜すっかり忘れてた」という彼女に「それを忘れられるメンタルがすげえな」と感心すると「当時は死ぬほど落ち込んだけど、自然に記憶が消去された、これぞJJ力」と言っていた。

たしかに昔は失敗するとクヨクヨ引きずったが、今は「忘れっぽい」というJJ力が発揮される。それは寿ぐべきことだが、老化で放尿しないように骨盤底筋は鍛えていきたい。

先頃、お酒の飲めないJJたちとごはんに行った翌日「記憶が曖昧なんだけど、お会計どうしたっけ？」とLINEすると「誰が払ったっけ？」「その場でワリカンにしたっけ？」と全員が忘れていた。

JJは酒を飲まなくても忘れる、という事実に心強さを感じた。人は年をとると大体同じになっていくのかもしれない。

そして人は誰しも、若気の至りの1つや2つや2兆はあるだろう。漆黒の歴史を刻んでも、いずれ記憶は薄れるから大丈夫。それにJJになると、自分という人間に慣れる。若い頃は「なんであんな失敗したんだろう」と自己嫌悪したが、「まあ失敗ぐらいするよな、自分だもの」と許せるようになるのだ。

いつも書いているが、私はJJになって楽になった。過去を振り返るたび強く思う。

「あの日に帰りたくない」と。

ユーミンは泣きながらちぎった写真を手のひらにつなげていたが、私は泣きながらちぎった写真にラー油をかけて、どんど焼きで燃やしたい。きっと香ばしい匂いがするだろう。

20代の頃、周りからは「今が一番いい時なんだから」と言われたが、自分自身は「なんだか私、若すぎる」と居心地の悪さを感じていた。そして40代になって悟った。

「私、おばさんに向いている」。

40代という年齢がしっくりきて、JJ界の居心地の良さに驚いたのだ。

若い女は何かと注目されがちである。自分の生きたいように生きているだけで「若いのにもったいない」だの「若いくせに生意気だ」だの言われる。若い女を見ると小言や説教を言わずにいられない、そんな一億総小姑な社会では、マカロンを食っただけで「ブスのくせに」などと揶揄される。

人が何食おうがほっとけや！　とマカロンを尻の穴に詰めたいが、おばさんが何を食おうが特に興味を持たれない。これがおばあさんになると「マカロンがお好きなんてハイカラですね」「食欲旺盛で頼もしい、長生きしてくださいよ」と労《いたわ》りの言葉さえかけられる。

要するに、世間は年齢で判断して勝手なことを言ってくるのだ。

「若い女というだけで得をしている」と勝手にやっかみ、女叩きを娯楽にする人々もいる。「どれだけ人生に楽しいことがないのか？」と真顔で聞きたいが、そんな連中の娯楽に付き合ってやるのは時間の無駄だ。

そんな暇があったら、私は夜の女子会を開いて、マカロンをあてに若気の至りを語り合いたい。「あの日に帰りたくない」と言いながら。それはきっと、JJになった今が最高に楽しいという証《あか》しだから。

若いお嬢さん方よ、JJ界に来る日を楽しみにして、世間の声に負けないでほしい。好きなメイクをディスられたら「俺は貴様の血で化粧がしたい！」と血祭りにしてやればいい。そうすれば、コスメ代も浮いて一石二鳥だ。

インスタ映えしないJJ旅は最高だが、リアル犬神家にならないよう要注意

新刊『アルテイシアの夜の女子会』の対談で金田淳子さんに会った際、神戸在住の私が「関西に旅行する時は連絡くださいね」と言ったら**「旅行とかしないんで！」**と笑顔で返された。

世の中には旅行するJJと旅行しないJJがいる。私はまあまあ旅行する派のJJ（熟女）だ。去年も女子校の同級生3人で沖縄を旅した。かつての日本にはガングロブームがあり、我々も「太陽は友達☆」とばかりにビキニでビーチを闊歩していた。

だがJJになると、紫外線を吸血鬼のように恐れる。

沖縄ではシーカヤックに挑戦したのだが、全員が長袖のラッシュガード＋足首までのスパッツ＋サングラスを着用して、常夏の島でスピードスケートの選手みたいになっていた。

それだけ完全防備したのに、足の甲に日焼け止めを塗り忘れて、黒焦げになった。いつか天の川のようなシミができて「みんなで旅行したっけな……」と懐かしく思い出すのだろう。

カヤックを漕ぐ前に、ガイドさんが紐付きの麦わら帽子と白いタオルを貸してくれた。それで顔と首を覆って3人で記念撮影したら、完全に「生産者マークの農家の人たち」だった。インスタ映えからは程遠いが、写真に写る我々は白菜が大豊作だったかのような笑顔である。

JJ旅は楽しい。最高に楽しい。前回「若い女は何かと注目されがち」と書いたが、おばさんは注目されないので、すこぶる気楽で自由なのだ。

若い女が三人旅していると、何かと声をかけられる。街中や飲食店でナンパされたり、新幹線でキャッキャウフフしてたら「おじさんたちと飲もうよ」と誘われたり。日頃の憂さを忘れたくて旅してるのに、なんでホステス役をせなあかんねんという話だ。

「わかります！　ほっといてくれって思いますよね！」と20代女子も同意する。

彼女はよく一人旅をするそうだが、「温泉地に女1人で行くと悪目立ちするんですよ。宿の人にもやたら気をつかわれて、泥沼不倫をこじらせた女とかに見えるんでしょうね」とのこと。

「温泉街で試食のまんじゅうを食べてたら、店のおじさんが隣にいた男性客を恋人と間違えて『よかった！　お姉さん、1人じゃなかったんだね』と話しかけてきて。『いや1人ですけど?』と返したら『ご、ごめんな……これあげるわ……』とオマケでまんじゅうをくれました」

オマケでまんじゅうをもらうのは嬉しいが、「若い女が1人やとあかんのか？」と言いたくなる。その点、JJはひなびた温泉街に馴染むので単独行動しても目立たない。むしろ宿の仲居さんと間違われる可能性が高い。

男の一人旅は「浪漫」「冒険」と語られるのに、女の一人旅は「孤独」「不倫」とネガティブな連想をされるのは頭にくる。一人旅を楽しむ女だって沢山いるのだ。鉄道オタクの女友達は日本中の鉄道に乗りまくり、47都道府県を制覇している。

かつてはオタク＝インドア、引きこもりのイメージが強かったが、現代のオタクは超アクティブ。

フィギュアスケートオタクの友人は世界中を遠征していて「今はブカレストに来ています」とSNSにアップしている。私など「ハンガリー？　ルーマニア？」とどこの首都かもわからない。

彼女いわく、空港の入国審査で「スケートの大会のために日本から来た？　じゃあ選手か関係者なのね？　え、違うの？」と追及されて「単なるオタクではるばる日本からやって来た」と理解されるのに時間がかかったという。

かかるのは時間だけじゃない。「スケート沼は一番金のかかる沼」と話に聞くが、海外遠征は旅費だけで何十万もかかるし、試合やショーのチケット代も高いのだとか。

やはりこの国はオタクが経済を回している。

オタクの女友達は漫画『ハイキュー!!』の聖地巡礼をした時、通りすがりのおばあさんに**「ハイキューさん?」**と声をかけられたという。彼女いわく「ハイキューが町興しになってて、聖地巡りを推すホテルやお店もあって、ファンの受け入れ態勢がすごいです」とのこと。

特に有名じゃなかった地域にもたらされた経済効果は大きいだろう。我が町・神戸にも何かないか。神戸はウスターソース発祥の地なので、ソース作りに青春をかける若者の漫画をジャンプで連載してほしい。

『アルテイシアの夜の女子会』では20代の頃、沖縄の離島で島の若者とアオカンに及んだ話を書いた。ハブに噛まれたらどうするつもりだ。幻冬舎ｐｌｕｓの金田淳子さんとのはみだしトークで「アニマルパニック系の映画ではセックスしてる奴から食われる」という話をしたが、自分がスネーク・フライトになるところだった。

振り返ると、若い頃は命知らずだったと思う。

女友達とボルネオに旅行した時、キナバル山という富士山より高い山に軽装&スリッパで出かけて、どしゃ降りに遭った。「木の実ナナになりきるんや！」と脚を出して決死のヒッチハイクを行い、どうにか軽トラを停めて帰ったこともある。

若い頃は分別がなかったが、体力はあった。現在は体力がないため、無茶もしなくなった。

友人たちは「ちなみに残業もしなくなった。ヘタに体力があると『もっとやらなきゃ』とか思うけど、今は体がもたないからサッと帰る。JJになってよかったわ〜」と口をそろえる。

もちろん休日出勤などもせず、むしろ有給を根こそぎ使って旅に出かけるJJたち。

私は「旅行は女同士に限る」という意見だ。温泉などは特にそう思う。

女同士で湯につかって、テッカテカのすっぴんで部屋に戻る。部屋でさんざん飲み食いした末に布団に雪崩《なだ》れ込み、翌朝は浴衣がはだけて帯一本、が理想の姿だろう。

20代の頃、彼氏と温泉宿に泊まり、夕食後にセックスを求められ「こんな腹パンパンでできるか！」と断ったらケンカになった。男は貸し切り露天風呂でもエロ行為をしたがるが、そんなもん死ぬほどのぼせるし、修行したくノ一じゃないと不可能である。私は貸し切り露天風呂に入ると「これは湯の花か？　精液か？」とつい凝視してしまう。

以前も登場したカツラ田カツオさんと付き合う友人は、温泉で彼がヅラを外した時に**「抜け感を演出？」**と聞いたら、ものすごく不機嫌になられたそうだ。

カップルで旅行してケンカした、という話はよく耳にする。その点、女同士は平和である。みんなでシートパックを貼ってスケキヨ面でトークするのは至福の時間。

九州の温泉に行った時、湯の表面に長い丸太が平行に浮かんでいた。他に客がいなかったので「内村航平！」「ミッションインポッシブル！」とか言いながら遊んでいたら、手がすべって頭から湯につっこみ、リアル犬神家になった。

「ほんと女同士の方が平和ですよね」と20代の女友達もうなずく。「彼氏と2泊3日でグアム旅行した時、彼が張り切って薬局で精力剤を買ったんです。飲んでも特に変化は起こらなかったのが、帰国する飛行機の中で『いててて、ちんこがもげる！』と騒ぎ出して」

飲んで1日以上経過してから、突然ちんこがギンギンに覚醒したらしい。

「近場のグアムでよかったです、メキシコだったら16時間ぐらい飛行機に乗りますから」と語る彼女は、学生時代、メキシコでホームステイした経験がある。

当時、ホストファミリーに気をつかってパンツだけは洗濯機に入れず、風呂で洗ってこっそり干していたらしい。「ホストファミリーは『あいつパンツ穿いてないのか？』と謎だったでしょうね。それが帰国する日、脱ぎたてのパンツを忘れて帰ったんですよ。日本の伝統文化だと誤解されたかもしれません」。

けっして人にはパンツを見せず、最後に脱ぎたてのパンツを残して去る、和の心。**「日本人は変態か？」**とメキシコ国民に印象づけたことだろう。

彼女のような20代女子の母親は50代のＪＪ盛りで「子育ても終わって、人生を謳歌してますよ」という話をよく聞く。

「うちの母はママ友とジャズバンドを結成して、ライブハウスで演奏してます」とか「韓流アイドルにハマって、女友達と韓国ツアーに出かけてます」等など。

そんな母親をもつ娘たちは「世間は30過ぎたら終わりみたいに不安を煽ってくるけど、母を見てると『ＪＪ、楽しそう！』と思えます」と口をそろえる。

我々アラフォーの母親世代は70前後のアラ古希だが、まだまだ元気な女性が多い。うちの義母もババ友たちとツアー旅行に出かけて「若い頃のような体力はないけど、早朝出発でも平気」「筋肉痛がくるのも遅いから、旅行中はわりと元気に歩ける」とＢＢＡあるあるを語っている。

その娘世代が集まると「母親は女友達としょっちゅう出かけてるけど、父親はずっと家にいるみたい」「うちもそう。母親が旅行する時は『お父さんの世話よろしくね』と頼まれて、ペットシッターの気分」とＪＪあるあるが語られる。そして「マジで父親に先に死んでほしい」「わかる！」と頷き合っている。

娘に死を願われないためにも、お父さんたちは家事スキルを磨いて、自分の世話は自分でできるようになってほしい。

1人暮らしの高齢男性の調査で「自分は今幸せだ」と答えた人に共通するのは**「会社であまり出世してないこと」**なのだそうだ。滅私奉公で働いてこなかったぶん、仕事以外の人間関係や趣味があって、毎日が充実しているのだろう。

老後に金がないと詰む。だが金しかなくても詰む。退職して抜け殻のように過ごすには、老後はあまりにも長い。人生100年時代を生きるには、仕事はそこそこでプライベートを充実させるのがベストなのかもしれない。

「100年もいらねえ」とボヤいたところで、寿命は自分で決められない。今や中学生すら「老後が不安」と語るそうだが、私は初老ゾーンに足を踏み入れて「これはこれで悪くない」と思った。

若い頃は隣の芝生が青く見えがちで、他人と自分を比べては、自分に無いものを持つ人を羨んだ。だが40を超えると、仕事・子育て・親の介護・自身の健康問題、みんな何かしら抱えていて「それぞれ喜びも苦しみもある」と実感した。そして「苦しい時は支え合おうぜ！」と女同士の連帯が強くなった。

苦しい時もあるからこそ、旅先では最高に愉快に過ごしたい。将来薄毛になった暁には、温泉で女性用ウィッグを外して「抜け感を演出！」と笑い合いたい。

でもババアが頭から湯につっこむと心臓が止まるので、リアル犬神家にならないよう注意したいと思う。

元サイレントブスのＪＪは「ブスと野獣」「眠れる森のブス」に出演したい

「女は若い方が美しい」というのは、錯覚じゃないか。

特に「女子高生は人生で一番美しい時」というのは、完全に男の妄想だろう。ＪＪ（熟女）たちは**「ＪＫ時代が人生で一番ブスだった」**と振り返る。

私もＪＫ時代に比べると、42歳の現在の方がマシだ。当時は今より10キロ以上太っていて、顔も体もパンパンだった。おまけに麗子像なみに多毛&剛毛で、ドラゴンボールのヤジロベーに似ていた。

太っていると、体が重い。「年をとると体が重くなる」と言うが、私は今の方が身軽だ。ドラゴンボールのZ戦士が重い衣を脱ぎ捨ててビューンと飛ぶのがよくわかる。

私のように肥満じゃなくても「ＪＫ時代、数えたら顔にニキビが１００個あった」「陰毛と区別がつかないほどのクセ毛だった」「脇毛はメッチャ生えるのに眉毛はなかった」と証言するJJは多い。

大人になればメイク・エステ・縮毛矯正等でカバーできるが、10代の頃はそんな金も技術もなかった。元の素材がよければ塩だけでもイケるが、素材がイマイチだと調理法が決め手になる。ゆえに女たちは一流シェフのように調理の腕を磨くのだ。

そもそも、元の素材がいい人間などごく一部。広瀬すずや橋本環奈は何万人に1人の逸材だからスターになれるのであり、私が広瀬すずや橋本環奈になるには80回ぐらい転生しないと無理だろう。私が若い時に戻ってもヤジロベーになるだけなので、絶対にタイムスリップとかしたくない。

「宮沢りえを見ると月日の流れを感じる」はJJあるあるだ。我々の青春時代のスターは宮沢りえであり、森田剛との結婚のニュースを聞いて「ぶっとびー！」と叫んだ。44歳の宮沢りえももちろん美しいが、ぶっとびー時代はえげつないほどの美少女だった。

かつて美少女だったＪＪはどうしても「老けたな」という印象になる。彼女らは大抵スリムで目がパッチリして彫りが深いので、シワもできやすい。それはそれで侘び寂びのある美で尊いし**「だが、それがいい！」**と私は思う。

一方、元が難アリだったＪＪは、同窓会で会うと「えっ、キレイになったね……!?」と驚かれる。そして繰り返すが、ほとんどのＪＫは難アリなのだ。

連載中のＡＭの担当アサシン嬢も「私も女子校の同窓会に行くと、ほとんどの子が今の方がキレイです」と同意する。

かくいう本人も現在は長身のモデル体型だが、高校時代は今より15キロ太っていたらしい。巨漢の我々で極悪同盟（ダンプ＆ブル）みたいなＪＫユニットを組みたかった。芸名はフォークリフト＆油圧ショベルでどうだろう。

油圧ショベル担当のアサシン嬢は「高校時代は1時間目に早弁して、休み時間に食堂に走って唐揚げを買って食ってました。その後、昼休みに裏門から脱走してコンビニで唐揚げを買って食ってました」とのことで、唐揚げに対する熱意がすごい。
「それでも足りなくて、学校の畑から茄子を収穫して、理科室のアルコールランプで焼いて食ってました。あと裏山でノビルを摘んで食ってました」。まるで横井庄一さんのようなJKだ。この喩え、JJならわかってくれるだろう。

私も当時は異常な食欲で、1日5食に加えてミルキーを1袋一気食いとかしていた。それでも歯のかぶせがとれなかったので、歯と歯茎は丈夫だった。

それだけ食ってりゃ太って当然だが、**べつにデブでも困らなかった**。

通学途中に男子集団から「見ろよ、あのデブ」と言われて傷ついたりしたが、女子校の中だと差別がなかったので、のびのびと過ごせた。文化祭ではデブ番付上位の同級生と、若貴兄弟のコスプレをして楽しんだ。

アサシン嬢も「私も女子校だからデブでも困らなかったし、自分の容姿に頓着してなかったです。共学の大学に進んで、男性からのジャッジを受けて『あれ？　もしかして私デブでブス？』と気づきました」と語る。

女子校もいろいろだが、私の母校の生徒たちには「容姿で差別するとか、そんな低レベルなことやめようぜ」という共通認識があったと思う。まあJKはみんな多かれ少なかれブスなので、ブスの仲間意識もあったのかもしれない。

いずれにせよ、ブスでも日常生活に支障はなかった。自前のミートテック着用なので、めったに風邪を引かないなどのメリットもあった。

それが共学の大学に進むと、あからさまなブス差別を受けた。全員ではないが、一部の男子から容姿で値踏みされて「ブスがでしゃばるな」「ブスは引っこんでろ」「ブスだから笑いをとれ」「ブスらしく自虐しろ」と圧力をかけられた。

美人の同級生と比べて「おまえとあの子は同じ女だけど種類が違う」と直接言われたこともある。

それに対して、当時の私は**サイレントブス**だった。不当な扱いを受けても「ブスだからしかたない」と黙っていたし、「ブスの自分には価値がない」とまんまと自信を奪われていた。四半世紀前の話だが、いまだに思い出すと悔しい。

四十路の私なら「てめえらに価値を決められてたまるかコノヤロー!!」とアウトレイジするし、そいつらをフォークリフトで吊り上げて、油圧ショベルで掘った穴に埋めて、「ヒャッハー!!」と怒りのブスロードを爆走したい、バキュームカーで。

大学生の私は自分に自信をつけたくて、ダイエットやメイクやおしゃれに励んだ。その結果、ブス差別を受けることは減って、生きやすくなった。だからといって**「ブスは努力しよう」なんて言う気はさらさらない。**

そんなのはイジメられてる子に「イジメられないよう努力しろ」と言うようなもので、どう考えてもイジメる側が悪い。変わるべきは差別する側、差別を黙認・助長する社会だ。

女がルッキズム批判をすると「女だってイケメンが好きだろ！」とクソリプが飛ん

でくるが、私は昔からガルマよりもドズル派だった。という個人的な好みは置いといて、べつに美人を好きなことを批判しているわけじゃなく、ブスいじめやブスいじりをやめろと言っているのだ。

性別関係なく、容姿を理由に不当に扱われないのが、みんなが生きやすい社会だろう。

21世紀は多様性を認めようという時代である。欧米のファッションブランドでは、さまざまな人種・体型・年齢・セクシャリティのモデルを起用している。グッチのコレクションにジオン軍の制服っぽいスーツが登場していたが、ドズル顔のモデルにランウェイを歩いてほしかった。

ディズニーにも映画「ブスと野獣」「眠れる森のブス」を作ってほしいし、なんなら自分が出演したい。野獣役でもオッケーだ。

ブスが石の裏に隠れている時代は終わったのだ。お笑い番組のブスいじりも古すぎて笑えないし、いい加減アップデートしてほしい。

過去の遺物のような価値観はまだ残っていて、世間は「ブスが美人を妬む」という構図を好む。だがブスの敵は美人じゃなく、ブスを差別する人間だ。

女を容姿でジャッジする人々は「ブスのくせに生意気だ」と抜かした口で「美人だからって調子に乗るな」とほざき、「あいつは美人だから仕事をもらえた」と女の実力を認めない。すなわち、美人にとっても敵なのだ。

ここはブスと美人でタッグを組み、糞尿を集めて出陣するしかないだろう、バキュームカーで。

私は30歳で物書きになったが、デビュー当時は顔出ししてないにもかかわらず、ネットで「どうせブスなんだろ」「ブスのくせに恋愛コラムなんか書きやがって」とディスられた。

しかし現在は、容姿について言及されなくなった。女の容姿をディスる人々は「アラフォーのババアとかどうでもいい」と興味がないのだ。

そういう面でも、ＪＪになると楽になる。若い女子はやたら注目されて大変だが、いずれ解放される日が来るので、負けないでほしい。

世間は「ババアが若い女を妬む」という構図も好むが、これも男の妄想だろう。少なくとも、私の周りにそんなＪＪはいない。みんな「若い女子を見てると昔の自分を思い出して、守ってあげたいし、応援したくなる」と口をそろえる。

アサシン嬢も「『ババアの妬み乙ｗｗ』みたいなクソリプをよく見るけど、そういう『年をとるのは怖いこと』という呪いから守ってあげたいです。実際は年をとるほど楽になるし、女性は『若く見られたい』とは思っても『若くなりたい』とは思ってないですよね」と話す。

そう、女は若くなりたいわけじゃない。酒の席でオッサンに説教されたり、キャバ嬢的なサービスを求められるのは真っ平だ。男目線で「年をとると男に相手されなくなるから、若い女を妬む」と妄想するのだろうが**「男の相手なんかしたくない」**がＪＪたちの本音である。

オッサン芸人が「いつまで男にモテたいねん」と美魔女をディスっていたが、彼は美STを読んだことがないのだろう。美STとLEONではベクトルが違う。LEONは「いかに女にモテるか」がテーマの高齢者版ホットドッグ・プレスだが、美STにモテの2文字はない。

美魔女が追求するのはモテじゃなく、あくまで自分の満足感。「見た目が美しい方が自分に自信を持てて、自分が快適に生きられる」という、自分目線を貫いている。そんな彼女らに男目線を押しつけたら「てめえがモテたいからって女もそうだと思うなよ！」とボツリヌス菌を注射されても文句は言えない。

美魔女はシワを目立たなくするために、ボトックス注射でボツリヌス菌を注入する。「目的のために体内に毒を入れる」など殺し屋の発想だし、ナメたことを抜かしたら一撃で始末されて、死体も残らないだろう。そういう意味では、むしろ美魔女の方が『レオン』のジャン・レノっぽい。

最近のLEONでは、モテるテクニックとして「チーフがパンティ」を紹介していた。ポケットチーフの代わりに、女性用の下着を挿すモデルの写真を掲載して「セクシーなおふざけはサラッと、がモテるオヤジの作法です」と解説していたが、それはちょいワルじゃなく下着泥棒だろう。ネットでも「ドン引き」「普通にキモい」と酷評されていた。

LEONのWEBサイトを覗くと「老眼鏡でモテる3つのテクニック」が載っていた。

「老化現象すら逆手にとって、モテへの一助と昇華させるのもヨコシマなオトナの手練手管」だそうで「薄暗いレストラン。出されたメニューの文字も小さい。そんなとき、胸ポケットからリーディンググラスをおもむろに取り出すだけでも絵になる」「女性の胸を打つこと間違いありません」とあったが、「間違いだぞ♡」とメガネを尻で粉々に砕きたい。

舘ひろしのハズキルーペのCMも「実の娘？　それとも若い愛人？」と妄想させるのが狙いなのだろうが、普通にキモい。高齢男性が夢を見るのは自由だが、老害認定されないよう気をつけよう。そもそも「若い女が好きな男」を好きな女はいない、若い女もいずれ年をとるからだ。

そして年をとると、言いたいことを何でも言える逆ポイズン状態になる。もし過去にタイムスリップしたら、サイレントブスだった自分に「だから大丈夫、安心して年をとれよ」と教えてあげたい。

ＪＪはバキュームカーに颯爽と乗り込み、道に落ちたクソを回収してまわりたい

前回「女子校時代、文化祭で若貴兄弟のコスプレをした」という話を書いた。

デブ番付上位の同級生とおそろいの浴衣を着て、びんつけ油をオリーブオイルで代用し、手先の器用な女子に大銀杏っぽく結ってもらった。

そんなふうに力士コスを楽しめたのは、デブいじりやブスいじめといった、見た目差別のない環境だったからだ。

男のいない女子校には「女は男を立てて補佐するもの」という価値観もなかった。級長も女で副級長も女、部活の部長も女で副部長も女、騎馬戦の騎手も女で馬も女。体育祭で「おりゃあああ!!」と合戦する我々は「女らしさ？　何それ美味しいの？」と自由な日々を生きていた。

当時はつねに腹が減っていたので、校庭の柿の木に登って柿を食ったりと、野生の

猿のように元気だった。その元気の源には**「私たちは男に選ばれるための商品じゃない」**という認識があったように思う。

女子校には「男に選ばれる女が上」というモテヒエラルキーが存在しなかった。

その後、共学の大学に進んだ私は、売られてゆく子牛のように元気をなくした。**「自分は男に値踏みされて格付けされる商品だ」**と感じたからだ。

大学1年の私はモテヒエラルキーでいうと「菌類」のポジションだった。男にとって格付けが上なのは、見た目が美しい女、出しゃばらず男をうまく立てる女、男よりできない（フリをする）女だった。

若き日、サイレントブスだった私は「自分は欠陥品だ」とまんまと自信を奪われた。モテないことよりも、赤の他人に価値を決められることが何倍もつらかった。

売れ残り・キズモノ・中古といった言葉が主に女に使われるように、古より女は

「商品」として扱われてきた。

四十路のJJ（熟女）になった私は「俺たちは商品なんかじゃない、血の通った人間だー!!!」とバキュームカーで出陣する気まんまんだ。

「自分に娘がいたら女子校を勧めたと思う」と男に話したら「でもそれで結婚できなくなったら困るよな」と返された時も「だから、そういう価値観に染まらずにすむんだよッ!!」と口から糞尿を飛ばした。

人格形成に重要な10代を、私は女子校で過ごせてよかったと思う。

女子校もいろいろだが、我が母校は自主自立系のリベラルな校風で**「女は男に選ばれるのが幸せ」**と洗脳されずにすんだ。

「女は男に幸せにしてもらうしかない、自分で自分を幸せにできない、無力な存在である」と教えることは、エンパワメントと真逆の方向だろう。

思えば、私は子どもの頃から『シンデレラ』のような物語にピンとこなかった。努力して王子様に選ばれたところで、「もういらね」と飽きて捨てられたら終わりだし、捨てられないためにはモラハラ王子にも我慢して尽くすしかない。そんな生き方、不自由すぎて幸せとは思えない。

しかも私は幼少期から足がでかかった（現在は25センチ）。なので「小さくか弱い女が選ばれる」というテンプレに萎えたのもある。

シンデレラが「巨大なガラスの靴の持ち主を探してジャイアント馬場に行きつき、王子が全日本プロレスに入門する」みたいな話であれば、夢中になっただろう。

お姫様に興味のなかった私はミステリー小説に夢中で、女探偵か女盗賊になりたかった。だが成長するにつれ「探偵や盗賊になるのは難しそうだ」と気づき、小学校の文集には「アガサ・クリスティみたいなミステリー作家になりたい」と書いた。

現在の私はアガサ・クリスティに1ミリもかすってないが、一応作家にはなった。「男に選ばれるのが幸せ」と洗脳されて「将来の夢はお嫁さん」と方向転換していたら、今こんなコラムも書いてないだろう。

「男に選ばれる女でいるのは大変だ、コストもかかるし」と嘆く女子には「お嬢さん、一緒にバキュームカーに乗らねえか？　MADがMAXな道を爆走しようぜ」と誘いたいが「うるせえババア」と一蹴されるかもしれない。

だが「男に選ばれなくなったババアに価値はない」という思考は、いずれブーメランになって返ってくる。自分が進む道にウンコを並べていると、そのウンコで滑って転んでクソまみれになるのは自分だ。

先頃、靴やバッグで女を格付けする男性のツイートが炎上した。私も「こんな時代錯誤な発言して恥ずかしくないのかな？　叩かれるのは明白なのに」と思ったが、これは「ぼくちんをルブタンで蹴ってエルメスで殴って♡」というアピールなのかもしれない。ドMな性癖を公にできないシャイな御仁なのだ。

老害が泣くまで言うのをやめないが、女がおしゃれするのは自分のためだ。「貴様がモテたいからって女もそうだと思うなよ」とロゼッタストーンにも刻まれている。

その男性は「むしろ女性同士で見られている」「女性同士は残酷な世界ですからね」と**「女の敵は女」**論もツイートしていたが、これも古代エジプト時代から使い古された言葉である。

私も女同士で集まる時はおしゃれに気合いが入る。その目的はマウンティングじゃなく、キャッキャウフフだ。

「そのバッグかわいい」「その靴似合ってる」「そのワンピどこで買ったの？」と盛り上がる至福の時間を、男に邪魔されたくない。「そういうのはモテないよ」と口出しする御仁がいたら、ミドリ安全の安全靴（鉄板入り）で蹴ってあげよう。本気汁を出して昇天するはずだ。

女性編集者との飲みの席で「私は若い頃、女性の先輩たちに助けてもらったから、自分も年下の女子に返したい気持ちが仕事の原動力なんですよ」と話したら「私も年下の女子に少しでも道を作りたいと思って仕事してます。女性同士でリングをつないで、女性が生きやすい社会になるといいですよね」と返ってきた。

おばさんたちはこんな気持ちで仕事している。だから老害おじさんの大好きな「女の敵は女」論に加担するのはやめよう。

「女はマウンティング好き」「女同士は陰湿でドロドロしてる」と女の断絶を助長すると、それは女全体にブーメランとして返ってくる。

私は毒親育ちで親運は悪かったが、女運はよかったと思う。家に居場所がなかったので、女友達が居場所だったとも言える。

女子校時代も広告会社時代も、周りはサラッとサラサーティな女が多く、「女同士はドロドロしてる」と感じたことはなかった。広告会社ではむしろ「男同士の出世争いや見栄の張り合い、縦社会のルールが大変そうだな」と思っていた。

マウンティングとも縁がなかったが、それは私自身がマウンティングに興味がないからだろう。興味のない人間に「いざ勝負！」と挑んでも「は？」とスルーされるのがオチだ。それに足のデカい私は「16文キックとかされそう」とびびられていたのかもしれない。

また、関西には**「イキリはバカにされる」**という文化がある。小学校の時も「僕のパパは金持ちなんだぞ！」と自慢する奴は「お前なにイキってんねん！」とスネオのように叩かれていた。

一方、東京都港区などはマウンティング文化がさかんらしい（ツイッター情報）。それに巻き込まれて疲弊している女子もいるだろう。

以前のコラムで「八つ当たりにはネズミ返し・スピ返し・右翼返しがおすすめ」と書いたが、マウンティングにはナイツ返しはどうか。

「夫が〇〇商事に勤めてて」→「私も村上ショージを目指してて」、「子どもが〇〇中に合格した」→「私もギョウ虫検査に引っかかった」とトークを展開していけば、最後は「いい加減にしろ」「どうもありがとうございました〜！」と名コンビの誕生だ。

とはいかなくとも、全然関係ない話を振ることで「こいつはマウンティングし甲斐がない」とターゲットから外れるだろう。

港区在住じゃなくても、昨今、疲弊している女子は多い。「メンタルをやられるのでテレビは見ないようにしてます」といった声もよく聞く。

たしかにテレビではセクハラ・パワハラのセパ両リーグが熱戦を繰り広げており、性差別やマイノリティ差別的な言葉が無自覚に垂れ流されている。私もたまにテレビをつけるとイライラして「更年期かしら？」と不安になるＪＪあるあるが発動するので、マヌルネコの画像とか見て落ち着くようにしている。

女性向けの企業のＣＭすら「男の需要に応えろ」「25過ぎたら女子じゃない」と抑圧するメッセージを送り、女性向けの漫画やドラマが「いい年して女同士でつるんでるから結婚できない」とレッテル貼りをしてくる。

私が『59番目のプロポーズ』で作家デビューしたのは30歳の時で、当時から「仕事をしても女を忘れるな」「女子会じゃなく合コンに行け」といった言葉に「やかましわ!!!」とキレる文章を書いてきた。

あれから13年たって、『59番目のプロポーズ』のドラマに主演した紀香も陣内も結婚して離婚して再婚したにもかかわらず、時代は変わってないように見える。けれども、確実に変わった部分もある。ＳＮＳの普及によって、燃えるべきものが正しく燃えるようになったことだ。

それ以前はセクハラやパワハラを受けても、ほとんどの人は我慢するしかなかった。たとえ訴え出ても、立場が上の者にもみ消されるのが常だった。

「昔は大らかでよかったよな～」と老害たちは目を細めるが、それは誰かの犠牲の上に成り立っていたのだ。

「セクハラはうまくかわせ」「おじさんを手のひらで転がせ」と言われるが、お嬢さん方はそんなばっちいものを手に載せなくていい、汁とか出しそうだし。

ＪＪはメンが太くなるので、カメムシのようなおじさんに遭遇しても、目の前で堂々と鼻をほじれる。が、ほじった鼻くそを相手につけると「俺だって被害者だ！訴えてやる！」と逆ギレされかねない。

なので、指についた鼻くそをしげしげと見つめて、ぱくっと食べてみよう。すると相手は「俺の話は鼻くそ以下なんだな」と気づくはずだ。

鼻くそ以下の格付けツイートを見ても、メンがごんぶとのＪＪはびくともしない。劣化品とディスられても「俺たちは年代物のプレミアだ！」と分厚い装甲ではね返す。そんな私も若い頃は、値踏みや格付けに傷ついていた。だからこそ、ブラウン管じゃなくブラウザの向こうから叫びたい。

「あなたたちは男に選ばれるための商品じゃない!!」

お嬢さん方もつらい時はこの言葉を紙に書いて、冷蔵庫に貼ってほしい。クラシアンのステッカーのとなりとかに。

そして我らＪＪはバキュームカーに颯爽と乗り込み、道に落ちたクソを回収してまわりたい。次に来る女の子たちが歩きやすい道にするために。

日本にはまだまだ、公道で脱糞しても許されると思っている輩が大勢いる。なのでクソが落ちていてもよけられるように、歩きやすい靴で出かけよう。ルブタンでもアディダスでもミドリ安全でもいい、それぞれが自分の好きな靴を履いてほしい。

ＪＪは完璧超人を目指すんじゃなく、ベンキマンのままで生きられる社会を目指そう

今回のテーマは「ＪＪ（熟女）と苦手分野」。

私は苦手なものがとても多い。パソコンも機械も運動も掃除も書類も出勤もていねいな暮らしも苦手で、かろうじて得意と言えるのは、文章を書くこととセックスぐらいだ。

一番古い職業は作家と娼婦らしいので、**「自分は古代人だ」**と思うようにしている。

古代人なので、Wi-Fiの意味もうっすらとしかわかっていない。私がゲームにハマったことがないのは、操作がわからないからだ。ゲームの記憶はファミコンで止まっているし、それもスーパーマリオが限界だった。

以前、夫のミニファミコンでスーパーマリオをプレイしたら、一面をクリアするのに8機のマリオを失うというコンスコン状態だった。このガンダムネタがわかる人は年寄りだろう。

一方の夫は1機のマリオで亀の親分を倒していた。それを見て「ゲームが上手でかっこいい」と惚れ直した。

苦手が多いことのプラス面は「俺にできないことを平然とやってのけるッ！」とすぐに痺れて憧れる点だ。

私はパソコンに不具合が生じると、すぐさまNECのコールセンターに電話するのだが、先日も解決方法を教えてくれたオペレーターの男性に恋に落ちた。「パソコンが動かない＝原稿を書けない＝死」なので、簡単に吊り橋効果が発動するのだ。

女友達と屋久島で登山した時は、出発して5分で死を意識した。平地を歩くのも苦手な人間が山道を歩けるわけがない。

もののけ姫のような景色の中を、スメアゴルのように四つん這いで進む私。「二度と生きて帰れぬかもしれぬ」と八甲田山のような覚悟でいると、男性ガイドさんに「最悪、僕がおぶって帰りますよ！」と言われて恋に落ちた。そして下山した瞬間、正気に戻った。

また、寂しがりやで1人暮らしが苦手だったため「伴侶はいねが〜!!」とナマハゲパワーが発動した。もし1人暮らしが得意だったら、夫と結婚していないと思う。

このように苦手にもプラスはあるし、得意と苦手は表裏一体である。なので、今こそジョースター卿の教えを実践しよう。「なに、ダイエットが続かない？　逆に考えるんだ。『痩せるのが苦手じゃなく、太るのが得意なのさ』と」

太っている方が飢饉に強いし、肉のクッションのお陰で衝撃にも強い。ハート様というお手本もいる。食べても太れない体質の女友達が「椅子に座ると尾てい骨があたって痛い」と嘆いていたが、私は尾てい骨の存在を意識したことがない。

プラスに注目することを「ポジティブシンキング（笑）」と揶揄する声もあるが、

こんなしょっぱい世の中で、自分ぐらい自分に甘くしないとメンがもたない。「多様性を認めよう」と言いつつ、現代日本は**品質管理社会**で「この大根は太すぎる」「このカボチャは形が悪い」と規格外は排除される。

女性は特に完璧を求められがちで、「母として妻として働く女として活躍しろ」とスーパーウーマンを要求される。

ケイト・ブランシェット先輩が来日した際「母親と女優業の両立は大変ですか？」と質問されて「私がショーン・ペンやダニエル・デイ＝ルイスなら、そのような質問はしないですよね。父親の場合、両立は大変か？　とは聞かれないと思います」と答えていた。

日本の女優で堂々とそう言える人は少ないし、言ったら炎上しそうだ。どんなに活躍している女優でも「毎朝5時に起きて子どものお弁当を作ってます」と良妻賢母アピールしないと「母親失格」の烙印を押されてしまう。

広告会社時代、私は毎朝8時半に起きて10時に出社していたが、それでも死にそうだった。人は無理を続けると死ぬ。死にたくなければ「自分は完璧超人にはなれない、ベンキマンでいい」と認めた方がいい。ちなみにベンキマンもインカ帝国出身の古代人だ。

それに、苦手分野がある方が**「年をとってよかった」**と感じる機会も多い。

体育が2だった私は「小学生が長縄でギネスに挑戦！」みたいなテレビ番組を見ると、いまだに胃が痛くなる。大人は会社で長縄を跳ばなくていいし、オフィスに鉄棒や跳び箱もない。

「逆上がりができるまで帰るな」など、小学校は漆黒のブラック企業だった。教師は「がんばれ！　やればできる！」と修造カレンダーみたいなことを言っていたが、がんばってもできないことは当然ある。

美大出身で絵の仕事をしている女友達は「小学校の計算ドリルでつまずいて、数学のテストは0点だった。でも絵は必ず特選がもらえたし、美術だけは得意だった」と語る。

また「授業中にじっとしているのも苦手で、いつも落書きをしていた。絵だけは集中して何時間でも描けたので、それが今の仕事につながっている」とも。

我が夫もいまだに分数の割り算ができなくて『おもひでぽろぽろ』のタエ子と同レベルだが、恐竜の絵とかはすごく上手い。また、何も見ずにアルマジロとか正確に描く。

そんな夫は金勘定ができないし、片付けが苦手でしょっちゅう物をなくす。そんなふうに得意と苦手があってデコボコしているのが人間だろう。**みんな違って、みんなブス。**とカレー沢先生も言っている。

私の担当編集さんたちは皆優秀だが、聞いてみると意外と苦手なものが多い。

当連載の担当・羽賀さんは「苦手なものが多すぎて、生きているのが不思議です。特にお金関係が苦手で、貯金も財テクもできません。今はテーブルの上のかごにお金を入れて貯めてます」と言っていて、タンス貯金ですらないし、空き巣に優しすぎる。

また「友達が株とかやってると聞くと『めっちゃ大人だ……！』とびっくりします。私はいまだにビットコインかピットコインかもわかってなくて、もごもご話してます」とのこと。

私も「たぶんビだよな？」とググってみたら「ビ」で合っていた。かしこだと思っていた彼女が案外アホの子だと知って、より親しみを覚えた。

人は得意なものより苦手なものの話をする方が仲良くなれるし、「人類皆兄弟」という気分になる。

連載中のAMの担当アサシン嬢は「狂犬」と呼ばれる御仁だが「注射が苦手でいまだにガチ泣きます」とおっしゃる。

「針が迫ってくると、自動的に腕を引っ込めちゃうんですよ。なので私を押さえつける人と注射する人の2名が必要です。これぐらい注射が苦手なので、鼻筋の整形（ヒアルロン酸の注入）を諦めました。結果的に節約できてよかったです！」と、いかなる時も前向きだ。

アラサーのバリキャリ女子も「服を畳んだり掛けたりするのが苦手すぎて、いっそ捨ててしまえと思い、服を10着に減らしました。食器を洗うのも苦手すぎるので、今は皿2枚とコップ1つを所有するのみ。結果的に断捨離できて、流行りのミニマリストになりました」とポジティブに語っていた。

私もカスカスのマスカラとかカピカピのスティックのりとか捨てて、シンプルに暮らしたい。昔から掃除や片付けが苦手なことがコンプレックスだったが、ピカピカの部屋に暮らす女友達いわく「私は潔癖症だから、それはそれでキツいよ」。

友人「電車の手すりも歯医者のスリッパも気持ち悪いし、一番キツいのは股間。子どもの頃、自転車や一輪車を友達に貸すのがイヤで、うっかり乗られた後はアルコール消毒してた」

アル「じゃあ股間をメインに使うセックスはどうなの？」

友人「だからセックスも苦手。体を舐められたりクンニされるのも気持ち悪いし、顔射なんてされたらショック死すると思う」

死因は顔射。コナンくんでも推理は難しいだろう。私も顔射するような男とはやりたくないが、もし手違いで顔に精液がかかっても「拭けばいいさ」とへっちゃらだ。セックスが得意＝不潔が得意なのかもしれない。

『アルテイシアの夜の女子会』にも書いたが、子宮全摘手術で入院した時、5日間シャワーを浴びられなくても平気だった。

逆に広告会社時代、毎日風呂に入って服を着て化粧をするのが、死ぬほど苦痛だった。風呂に入る以外にも、会社員はやらなきゃいけないことが多すぎる。

私はマルチタスク型ではなくシングルタスク型の人間だ。同時進行できるのは、漫画を読みながらウンコをすることぐらいだし、それも漫画に集中するとウンコの存在を忘れる。

そんな人間なので、いまだに客から申込書をもらい忘れる夢とか見て、汗びっしょりで目を覚ます。そして「ベトナム帰還兵かよ……」とつぶやく。トラウマになるぐらい、会社員生活はキツかった。
「ずっと家で書いてて煮詰まらない？」と聞かれるが、ひたすら原稿だけ書いてればいい生活の方が楽なのだ。それに出勤は苦手だが引きこもるのは得意なので、2ヶ月カンヅメでシナリオを執筆した時もさほどつらくなかった。その間、眉毛や産毛の処理をしなかったら、山賊みたいな顔になった。

広告会社時代は「仕事のできない自分は欠陥品だ」と劣等感に苦しんだが、人には向き不向きがあるし、適材適所がある。働いて稼ぐのが得意な女性もいれば、家事や育児が得意な男性もいる。それぞれ得意分野で助け合えるのが、みんなが生きやすい社会だろう。

みんなが完璧超人を目指すんじゃなく、ベンキマンがベンキマンのままで生きられる社会を目指すべきだと私は思う。かつ、大切なのは「何でもできるようになること」ではなく**「助けを求めること」**だと思う。

昔、駅の女子トイレの列に並んでいた時「すみません、限界で……！」と女性が青い顔で駆け込んできた。するとその場にいた全員が「どうぞどうぞ」とダチョウ倶楽部になっていた。

もしその女性が「ウンコが漏れそうです」と助けを求めなければWCの悲劇が起こっていただろう。

高齢男性が孤立化しやすいのは、他人に弱みを見せられず、助けを求められないからだと言われる。1人暮らしの高齢者で「2週間、誰とも会話してない」と答えたのは男性が17%、女性が4%と大きな差が見られる。

そこには男のプライドや「男が弱音を吐くな」というジェンダーの刷り込みもあるのだろう。だが年寄りが「べ、べつに寂しくなんかないんだからね！」とツンデレ美少女ぶっても、ドンスベりするだけだ。

ジジイのふり見て我がふり直せ。ババア予備軍のJJたちも「自分で何でもしなきゃ」と気負わず、どんどん助けを求めよう。そのためには「自分は○○ができない、苦手だ」と認めることが必要である。

といちいち書かなくても、ＪＪは**「これでいいのだ」**と全肯定の精神が身につくお年頃。

若い頃にさんざん自己否定や自己批判をしてきて飽きているし、バカボンのパパの年齢も超えて、できないことも増えてくる。

「できないこともあるさ、ＪＪだもの」と自分に優しい方が、他人にも優しくできる。かつ、できる人と比べて嫉妬もしなくなる。

やはり加齢にはプラス面がいっぱいあるなあ……と実感する私は、逆上がりができなくて泣いている子どもがいたら「大丈夫、それでいいのだ。大人になって困ることは１つもないぞ」と教えてあげたい。

働くＪＪは女王蜂よりも女郎蜘蛛になりたいが、アンコウのメスも悪くない

以前、ＴＶでケミストリーの川畑要氏が「年をとって顔の肉がそげて、耳にぶらさげたグラサンが落ちるようになった」と話していた。また「かといって小さめのグラサンをぶらさげると、こめかみが痛くて耐えられない」とも。

それを聞いて「この人はグラサンと真摯《しんし》に向き合ってきたんだな」と感銘を受けた。そして「グラサンぶらさげてるダサい人」としか思っていなかった氏に、親近感を抱いた。

ＪＪ（熟女）も顔や胸の肉がそげるお年頃。胸はしぼむが腹は出てくるので、アンコ型の力士にも親近感を抱く。でも本業は力士じゃないので、寄せて上げるブラをつけると、今度はワイヤーがきつくて耐えられない。

若い頃はブラで補正しなくても、胸にハリがあった。川畑氏も顔にハリがあったから、グラサンを維持できたのだろう。

「お互い、遠くに来ましたね」「年をとるとできないことが増えますよね、グラサンを耳にかけるとか」と縁側で茶をしばきたい気分だ。

年をとるとできないことも増えるが、ＪＪは**「これでいいのだ」**と全肯定の精神が身につくお年頃。それは仕事に関してもそうである。

若い頃は「仕事のできる人」と思われたくて、バリキャリっぽく振る舞っていた。それは自分自身が「できない自分」を認められなかったからだ。

「仕事のできない自分はダメだ」というコンプレックスは向上心にもつながるが、自分を責め続けるとメンがヘラッヘラになる。

ただでさえ日本人は真面目で勤勉で「KAROAKE」と「KAROSHI」という言葉を輸出している。ちなみにアメリカ人の友人が「日本のＡＶは人気で、BUKKAKEという言葉も有名だ」と教えてくれた。そんなもん世界に輸出するなよ。

BUKKAKEはさておき、かつては私も**「ゴムパッチン思考」**に囚われていた。ゴムが切れるぐらい、限界ギリギリまでがんばらないと自分を許せなかった。

「私も昔はゴムパッチンだったわ〜」と振り返るＪＪは多い。だがＪＪが無理するとマジで血管が切れるし、そもそも体力的にもたない。なのでなるべく残業はしないし、有給も根こそぎとる、というスタイルに変わっていく。そして「余裕がある方が視野も広がるし、いい仕事ができる」と気づくのだ。

私も40代になって**「肩の力が抜けるとは、こういうことか」**と実感した。私はフリーランスだが、会社勤めの友人たちも「出世に興味もないし、ぼちぼち機嫌よく仕事できればいいや」とマイペースに働いている。

アラサー向けの女性誌を読んでいたら、50代の評論家の女性が「若い女性は自己満足や承認欲求のために働くから、成長しない」「女性もどん欲に結果を勝ち取り、出世を目指すべき」「そうすれば仕事の面白さや喜びがわかる」と語っていた。

その女性は「自分はそんなふうに働いてきたから、あなたたちもそうしろ」と言いたいのだろうが、それは単なる押しつけである。

人によって求めるものは違うし、働き方にも向き不向きがある。それぞれ自分に向いた働き方をできるのがベストだろう。

私は**「女王蜂になってはならぬ」**とJJべからず帖に刻んでいる。

クインビー（女王蜂）症候群という言葉がある。男社会で成功した「名誉男性」的な女性が、他の女性に厳しくあたることを表す言葉だ。

彼女らは「男以上に働いて出世競争を勝ち抜いてきた」という自負があるため「私はこんなに苦労したんだから、あなたたちも苦労するべき」と主張する。後輩女性が性差別を訴えても「私が若い頃はもっと大変だった」「努力不足を棚に上げて、権利ばかり主張して甘えている」と批判する。

本人は男社会で今の地位を築いているため、現状のシステムを変えたくないのだ。それを否定することは、自分の成功も否定することになるから。

先日、アラサー女子からこんな話を聞いた。男性社員からのセクハラを女性の上司に相談したところ「スルーできない？　私ならハイハイって流すけど」と言われたそうだ。「なるほど、そのような姿勢では社内改革など不可能ですね」と、ろくろを回すポーズで上司の首をへし折りたいが、現実にへし折るのは難しい。

困っているから相談したのに「いちいち騒ぐな」みたいな対応をされた部下は「同じ女性なのにわかってくれない」と絶望して「誰も助けてくれない」と孤独を深める。そうやって、被害者が声をあげられない空気が作られていく。

そんな女王蜂は罪深いが、女王蜂も実は傷ついているんじゃないか。自分を傷つけた男社会に対する怒りを、後輩女子にぶつけているんじゃないか。部活で先輩にしごきを受けた人間が、自分も後輩をしごくように。

一方で「自分と同じ苦労をさせたくない」と、後輩のために道を作ろうとするJJもいる。私もそんなJJでありたいし、バキュームカーでクソを回収してまわりたい。仕事で競争に勝つよりも、私にはその方がずっと喜びが大きい。

「名誉男性の女王蜂にはなりたくない」というJJはいっぱいいる。お嬢さん方が困った時は、一緒にバキュームカーで爆走できる先輩を見つけてほしい。

私は女王蜂よりも女郎蜘蛛になりたい。女郎蜘蛛のメスはスズメバチも捕食するそうだし、メスの体長がオスの倍以上あるのも頼もしい。またメスの作った巣に複数のオスが居候して、メスをめぐってオス同士で闘争が行われるという。女郎というより女帝と呼ぶのにふさわしい存在である。

小学生の時から『天上の虹』を愛読していた私は、女帝に憧れていた。「私が大人になる頃には、女性の総理大臣も誕生してるのかな〜」と未来を夢見ていたが、42歳になった現在もそんな気配は1ミリもない。

それどころか、政治家のセクハラ&男尊女卑発言が日々リリースされて、血管が何本あっても足りない日々だ。限りある血管を守るためにも、この世からセクハラや性差別を殲滅《せんめつ》したい。

謝罪会見で「誤解される表現をしてしまった」という言葉をよく聞くが、相手や周りが誤解したのではなく、本人がセクハラや性差別を理解していないのだ。

「何でもかんでもセクハラや性差別と言われたら、何も話せない」とほざくボンクラには「じゃあ一生黙ってろ」と言いたいが、親切なＪＪなので教えてあげよう。**「その言動を取引先の女社長にもするか？」**と考えてみるといい。

「なんで結婚しないの？」とか「子どもは３人以上産め」とか、取引先の女社長には言わないだろう。それを誰に対しても言わなければ、失言は避けられる。

元財務次官の「胸触っていい？」「手縛っていい？」発言について「本人はセクハラを行った認識はない」と報じられていた。「セクハラ罪という罪はない」と妄言を吐いた麻生大臣も同じ認識なのだろう。

だったらそれを、メルケルに言ってみればいい。「手縛っていい？」と言った瞬間、屈強なドイツ人のＳＰに拘束されるはずだ。

「自分より立場の弱い女には何言ってもいい」と考える老害がいる。そんな連中にセクハラ発言されても、メルケルじゃない我々には射殺してくれるＳＰもいない。麻生大臣はゴルゴ13に狙撃される政治家ファッションだが、この世界にデューク東郷は存在しない。

セクハラ発言をされて「こんな時、どんな顔をすればいいかわからないの……」という時は、**プーチンの顔**をしてみよう。「あまり私を怒らせない方がいい」という顔芸をマスターして、あだ名が「プーチン」になる頃には、セクハラに遭うことはなくなるだろう。

だが「こいつにはやると言ったらやる『スゴ味』があるッ！」という殺気は、一朝一夕では身につかない。

プーチンが難しければ、**オードリー春日の般若**はどうか。試しに鏡の前でやってみたら、わりと簡単にできた。皆さんもぜひ試してみてほしい。それを夫の前で披露したら「ジャッキー・チェンのクレージーモンキーか？」と聞かれた。

オードリーでもジャッキーでも、いきなりモノマネをされたら敵はひるむはずだ。「セクハラは笑顔でかわせ」と言われるが、それだと被害者は増え続ける。無駄な笑顔は封印して「自分は怒っている」と表明することが、この世からセクハラをなくす第一歩になる。

とはいえ、立場的に怒れない場合も多い。怒れないどころか、イヤなことをイヤと言えない場面もある。

女友達は男性上司と地方出張した時に「ホテルの部屋で飲みながら仕事の話をしよう」と言われて、断れなかったという。それで上司の部屋に行ったところ、無理やり抱きしめられてキスをされた。

上司と部下のように圧倒的な上下関係がある場合は、断り方が難しい。「俺に下心があると疑ってるのか？　失礼な！」と逆切れされて、仕事に影響が出たらどうしよう、と不安にもなる。そんな時は、**腹が痛そうな顔**がおすすめだ。「生理と下痢で体調最悪なんですよ……」と苦悶《くもん》の表情を浮かべれば、よっぽどマニアな男以外は萎えるだろう。

もちろん、異性の部下を部屋に誘う上司の方がおかしい。下心がなかったとしても「相手は立場的に断りづらい」と配慮すべきだ。そしてもし「部屋で飲もう」と誘われて応じたとしても、合意したのは「部屋で飲むこと」だけである。

そんなの言うまでもないことなのに、加害者は「部屋で飲もうと誘って応じたのだから、性的行為に合意があった」と主張するし、世間も「女の方もその気だったんだろ」と被害者を責める。その手の意見を聞くたび、血管が16本ぐらい切れる。在庫がなくなったらどうしてくれる。

男性誌から「ヤレる女の見分け方」「ワンナイトに持ちこむ方法」といった記事の取材オファーを受けることがよくあった。

私は今も売れてないが、もっと売れてなかった時代も、その手の仕事は全部断ってきた。売れてないのでお金は欲しかったが、それより女性読者を裏切らないことの方が何億倍も大事だったからだ。

後日、自分が断った記事をコンビニで立ち読みすると、ナンパ師の男が「酔わせて部屋に連れこめ」「酒で判断力を鈍らせろ」などと答えていて、血管が32本ぐらい切れた。

作家デビューして13年が過ぎ、社会人の女性から「中学生の時から読んでます！」と言われると「ご立派になられて……」と涙ぐみつつ「売れてなくても、仕事を選んできてよかった」と思う。今の中学生が大人になる頃には、もっと女性が働きやすい社会になってほしい。

私が新卒で入社した広告会社には、飲み会で男性社員が全裸になる文化があった。だが私が退職した後、コンプライアンス室に訴えた人がいたらしく、全裸になった社員が休職処分になった。それ以降、全裸文化は滅亡したという。

「こんなことはやめるべき」と声をあげた先人たちの努力によって、少しずつ社会は変わっていく。

男社会・体育会系・保守的という地獄の三拍子がそろった大企業で働くＪＪ仲間から、こんな話を聞いた。

新婚の女性社員が「体調が良くないから飲み会はパスしたい」と男性の部長に伝え

たところ「帰って子作りするのか？（笑）」と言われたらしい。友人は「今まさに妊活中かもしれないし、妊娠を下ネタ扱いするんじゃねえ!!」と血管が切れたそうだが、「その時『それはセクハラです！』と男の先輩が注意してくれたのよ。その先輩は夫婦で不妊治療してたんだけど、子どもを授からなかったみたい。だから、自分のこととして考えられたのかもね」。

このように、一緒にバキュームカーに乗れる男性もいる。男社会で日々血管が切れていると、おっさん嫌いが加速しがちだが、無差別にウンコを投げるゴリラになってはいけない。それこそ、我が夫だって正真正銘のおっさんだ。

夫に「女郎蜘蛛はメスの方が大きいなんてカッコええわ〜」と言うと**「それは人間の発想だ」**と返された。

「動物界でメスの方がオスより大きい種は珍しくない。アンコウは種類によってはメスの体長がオスの10倍以上あって、オスがメスの体に寄生して一体化する」

一体化!?　と生命の神秘に驚きつつ「来世はアンコウのメスも悪くない」と思った。

相撲のアンコ型も「お腹が膨れてぷよぷよしたアンコウが太った体型の力士に似ている」ことから名前がついたらしい。

アンコウ先輩に親近感を抱きながら、ぷよぷよした腹の肉を両手でわしづかむＪＪなのであった。

子持ちvs.子ナシの戦争終結のために、選択的子ナシＪＪは今日もウンコを生産する

先日**「ＪＪ（熟女）はブランコがヤバい」**という話を聞いた。

三半規管の老化のせいか、ブランコを漕ぐと目が回って、吐きそうになるという。それを聞いて、実験してみたいと思った。だが「尻にはまるのか？」という不安と共に「どこでブランコを漕げばいいのか？」という疑問が浮かんだ。

近所に大きな公園はあるが、維持費や安全性の問題なのか、ブランコは設置されていない。かといって、保護者でもない中年女性が小学校にふらりと入ってブランコを漕いで嘔吐していたら、通報案件だろう。

そこで近所に住む子持ちの女友達に聞いたところ、ブランコのある公園情報を教えてくれた。ＪＪネットワークはありがたい。

うちの夫婦は**選択的子ナシ**である。全ての女性が生きやすい社会を目指す者として、私は子持ちと子ナシの溝を埋めたいと願っている。

そのために実践していることは、

・公の場で子どもが泣いたり騒いだりしていたら、とびきりの笑顔で「大丈夫ですよ！」とアピール
・電車で子連れママに席を譲る、ベビーカーを運ぶ
・新幹線で子連れママに「何かあったら声をかけてくださいね」と言う
・被災地の子どもの学習支援のために募金を続ける
・「誘い控え」をしない。夜の飲み会など「子どもがいるし無理かな」と思っても、一応声はかける
・子育てや家庭の愚痴を吐き出せる場（ＪＪ会）を設ける

幼児に慣れていないので「子守は俺に任せろ！」とは言えないが（猫と違って、落とすと自力で着地できないのも不安）自分にできることをしようと思っている。

子どもや子持ちママに親切にすると「子ども好きなのね」と誤解されがちだが、私は人間の子どもよりも犬や猫の方が2億倍好きだ。道で犬や猫に出会うと、反射的に瞳孔が開いて笑顔になる。爬虫類や昆虫に瞳孔が開く人もいるし、「子ども好き」も個人の好みなのだろう。

私は子ども好きではなく、男尊女卑アレルギーの人間である。「女性がこんなに子育てしづらい社会は間違っとる！」という怒りから、少しでも子育てママをサポートしたいと思っている。

以前、ネットで子ナシvs.子持ちのバトルを見かけた。

「子どもが熱を出したからと言って、堂々と遅刻や早退をして悪びれない。それどころか『自分はこんなに大変だ』とアピールする。子持ちはそんなに偉いんですか？」という独身女性の意見に「だらだら残業して『忙しい』とアピールする独身こそどうかと思う。こっちは時短勤務内に仕事をこなしているのに」「嫉妬するくらいなら、結婚して子どもを産めば？」と子持ち女性が返していた。

それを見て**「人間よ、もう止せ、こんなことは」**と高村光太郎の顔になった。

遅刻や早退をして悪びれないのは、属性じゃなく人間性の問題だ。そういう人は独身時代に二日酔いで遅刻や早退をしても悪びれなかったはずだと、冷静に考えればわかるだろう。しかしメディアは「勝ち犬vs.負け犬」と女同士の対立を煽るため、それに乗せられて「エイリアンvs.プレデター」のように戦争が始まる。

それはもう政府の思うツボじゃないか。

周りの女性陣からも「職場で子持ち女性のしわよせが子ナシにくる」「それにムカついても文句も言えないし、ムカつく自分は性格ブスだと落ち込む」という声を耳にする。

そういう時、本当は子持ち女性にムカついてるんじゃなく、仕事が増えたことにムカついてるんじゃないか。

自分の仕事が増えなければムカつかないし、「彼女らは家に帰っても休みなしで育児をするのか、大変だな」と気づかって「何か手伝えることはない？」と声をかけるだろう。

なので性格ブスとか落ち込む必要はない、**会社と政府がブス**なのだ。ムカついた時は会社と政府にどんどん文句を言おう。

日本は育児と仕事を両立しづらい社会だ。ワーママたちの疲弊しきった姿や保育所問題、マタハラや育ハラの現状を見て「自分には無理だ」と産み控えする女性も多い。出生率の高い先進国は、子育て支援が充実した国々である（事実婚や非嫡出子に平等に権利があるのも特徴）。

政治家たちは己の怠慢や力不足を棚上げして、少子化を女のせいにする。「子どもを産まない女に税金を使うな」系の失言は自民党のお家芸だが、最近も女性議員が「ＬＧＢＴは生産性がない」「税金を投入するべきではない」と耳を疑うような発言をした。

LGBTも子ナシも労働して納税して、子どものための社会保障費も負担しているが、「生産性がない」と仰せになる。特大のウンコを生産してプレゼントしてあげたい。

子持ちvs.子ナシがウンコを投げ合っていれば、政治の責任から目をそらさせられる。そんな策略に乗ってはいけない。**ウンコを投げる相手を間違ってはならない**。せっかくひねり出したウンコなのだから、正しい相手にぶつけよう。かつ余剰のウンコを土嚢《どのう》がわりにして、子持ちと子ナシの溝を埋めよう。

ちなみに『できる男はウンコがデカい』『できる男は超少食』という書籍があるが、超小食でどうやってデカいウンコを出すのか？　錬金術的な何かか。なんにせよ、怒れるJJもウンコがデカい。毎日モリモリ生産して、有効活用したいと思う。

子持ちと子ナシの溝について、独身女子たちにヒアリングすると「婚活がうまくいってない時に、子持ちの友人のSNSの投稿や年賀状を見るとつらい」「他人の幸せを妬む自分は性格ブスだと落ち込む」という声が寄せられた。

「他人と比べてもしかたない」とよく言われるが、「比べるのはしかたない、人間だもの」と私は思う。

独身時代、手痛い失恋をした私はセレブ雑誌を読みながら「ビクトリアはいいな、ベッカムがいて」と号泣して「誰と比べとんねん」と友人一同につっこまれた。親友の結婚式に出席した時も、おめでたい気持ちと妬ましい気持ちが半々だった。また今も売れてないが、もっと売れてなかった時代は売れてるライターにめちゃめちゃ嫉妬していた。

そこで自己嫌悪すると闇落ちするので、「しかたない、人間だもの」と受け入れる方がいい。自分を甘やかす方が、人にも優しくできる。それに心の中でネガティブな感情を抱くだけなら、誰にも迷惑はかけてない。相手に藁ドールや炭疽菌をプレゼントしなければ、それでいいのだ。

子持ちの投稿を見てつらい気持ちになるのは、性格が悪いからじゃなく、今がつらい状況だからだ。がんばってるのに欲しいものが手に入らなければ、嫉妬してしまうのは当然のこと。状況が変われば気持ちも変わる。**「今は、これでいいのだ」**と心にバカボンのパパを飼おう。

隣の芝生が青く見えるのは、自分の芝生がパサパサな時である。そんな時は芝生に水や肥料をやって回復を待とう。自慢のウンコでオーガニック肥料を手作りするもよし。

SNSにワーママの友人が「毎日コーヒー1杯飲む余裕もない」と投稿していて、毎日、床に寝転がってストロングゼロを飲む自分を申し訳なく思った。私が「床に寝転がってストゼロ飲んでまーす！推しはマンゴー味」とか投稿したら、彼女は「気楽でいいな」とムカつくかもしれない。一方、もし私が不妊で苦労していたら「子どもがいるくせに、贅沢言うな」とムカついたかもしれない。

人それぞれ事情があって、喜びも苦しみもある。そのことを忘れずにいたいと思う。

子持ちと子ナシの溝を広げるのは、デリカシーのない人々の発言である。不妊治療中に「子どもはまだ？」「早く産んだ方がいいよ」と言われてつらい、といった声も耳にする。

21世紀になっても、旧石器時代のセンスで生きている人間もいるのだ。そんな連中がハンドアックスで殴ってきた時に「○○さんはお子さんが2人もいていいなー」と笑顔でサービスする必要はない。それをすると相手は乗ってきたと勘違いして、嬉々として斧を振り回してくる。

その手のハラスメントの撃退法として、私は**「bot返し」「明菜返し」**を提案している。

「子どもは産んだ方がいいよ」

「へ〜○○さんはそういう考えなんですね」

「子どもがいないと老後困るでしょ」

「へ～○○さんはそういう考えなんですか」

「○○さんはそういう考えなんですねｂｏｔ」化すれば、それ以上話を広げようがないし、うまくいけば「自分と相手は違う人間なんだから、考え方も違って当然」と先方に気づかせることもできる。

もしくはベストテンの中森明菜、と言われてもわからない人は友近のモノマネを参考にして、小声＆伏し目がちで「いろいろ事情があって……」と返そう。明菜返しで「この人に子どもの話題は地雷だ」と思わせれば、今後の被害も防げる。さらに相手が「人には事情があるんだから、プライバシーに踏み込むべきじゃない」と学べば、他人への被害も防げる。

私も「あなたみたいな人がいるから少子化が進む」と面と向かって言われることがある。そんな時は「じゃああなたは国のために子どもを作ったんですか？」と返す。

それでも黙らない相手には「地球規模では人口爆発していて環境破壊により地球は滅びると言われてますが、その点についてはどうお考えで？」と質問する。相手は何も考えてないので、黙る。この**「地球返し」**も便利だ。

ついでに「残された資源をめぐって争いが繰り返される、暴力が支配する世界に現れた伝説の暗殺拳ッ……!!」と千葉繁のナレーションっぽく叫べば、敵は退散するだろう。

私は撃退法を考えるのが好きなので「クソどもよ、かかってこい!」と元気いっぱいに生きている。

余談だが、ブランコで吐くJJになっても、おっさんからクソLINEが届くのだ。昔の仕事つながりのおっさん、というか半ばおじいさんと飲み会で会ったりすると「この前はつい胸元を見ちゃったよ(^_^;)」みたいなLINEが届く。

そこでJJは「何言ってるんですか~笑」と優しく返したりはしない。「そうですか、早く死んでくださいね(^^)」と返したいところだが、面倒なので無視する。すると「また飲みいこうよ! エロトークがしたいな~笑」とか送ってくるので「すみません、身内の不幸があってバタバタしてましまして」と返す。

「身内の不幸返し」はあらゆる場面で使えるし、「そんな時にすみません、ご愁傷様です……」と相手に謝らせることができるので、どんどん身内を殺していこう。

選択的子ナシの私に「産みたくても産めない人もいるのに」と言ってくる人もいるが、「産みたくても産めない人もいるのに、産まないなんておかしい」と批判する人は「女は子どもを産むのが自然、産まないのは不自然」と考えており、その思想こそが産みたくても産めない人々を苦しめている。

それは「生産性がない」と同様、「子どもを産むことが女の価値」という思想だ。そんなイカれた主張を「子持ちの意見」のように語られたら、世のママさんたちも大迷惑だろう。

イカれた発言をするのは本人がイカれているからであり、属性は関係ない。既婚・未婚・子持ち・子ナシ……と属性で判断しないことが、戦争を起こさない鍵である。

と言いつつ、私もかつては「女友達に子どもができたら話が合わなくなるかも」と不安だった。だがこれも「人による」のであって、我が友人たちは「こいつと子どもの話をしても盛り上がらない」と判断してか、子育てトークはママ友として、ママ友とはできない話を私とする、という具合に使い分けているようだ。お陰で昔と変わらず、おっさんのクソＬＩＮＥの話で盛り上がる。

また、子どもが中学ぐらいになると興味も薄れるのか「子どもは元気？」「なんか反抗期だわ」「あっそう」で終わって、その後はおっさんのクソＬＩＮＥの話で盛り上がる。その頃には子育ても一段落して、ＪＪ会やＪＪ旅に復帰するＪＪも多い。他人の子どもの成長は早い。

「他人の子の成長で月日を感じる」は子ナシＪＪあるあるだ。乳飲み子だと思ってたら高校生になってたりして「私も25で出産していれば、子どもはもう17か……」と産んでない子の年を数える42歳。

この調子だと、気づいたらババアになっているだろう。

私は老後、ババアのデンデラを築きたいと夢見ているが、そこで寺子屋を開くのもいいなと思っている。社会貢献もできるし、ボケ防止にもなりそうだ。

ババアたちがそれぞれ数学とか英語とか得意分野を教えればいい。私も夏休みの日記の代筆ぐらいならできるだろう。「今日は友達とファミコンをしました」みたいな表現で、老人が書いたとバレそうだが。あと「ウンコのことばかり書くものじゃありません」と先生に叱られそうだが。

自分もいずれ介護休暇をとったり、自身が介護される立場になる。「困った時はお互いさま」精神を忘れずに、溝を埋めるためのウンコを生産したいと思う。

ＪＪの終末コーデはロックＴにスキンヘッドで、しゃれこうべをぶらさげて

今年の夏も、頭皮がクサい。

なぜＪＪ（熟女）になると頭皮がクサくなるのか。ヒジもヒザもカッサカサなのに、頭皮だけ油田のごとく脂を分泌しているのか……その謎を明らかにすべくアマゾンの奥地へ向かったところ、ニオイの原因は加齢臭だという。

おっさんの枕が異様にクサくなるアレである。枕がクサいのはおっさんだけではないらしく、この世界で加齢臭だけは男女平等だ。

通訳として働く女友達は「加齢臭は万国共通だ」と話していた。彼女は国際会議で各国の大臣の通訳をしているのだが、「耳元でウィスパリングしていると、加齢臭で頭がくらくらして、日本語を日本語のまま伝えてしまう」と言っていた。それではただの伝言ゲームだ。

その話を聞いて「加齢臭は国境を超える！　We Are The World～♪」という気分になるかというとそんなことはなく、若いお嬢さん方は「年をとるって嫌だな」と思うかもしれない。

しかしJJ仲間たちは「頭皮はクサくても、若い頃より今の方が幸せだ」と声をそろえる。

今回のテーマは**「JJと幸福」**。

最近注目のJJといえば、阿佐ヶ谷姉妹だろう。2人の同居生活を綴った『阿佐ヶ谷姉妹ののほほんふたり暮らし』には「憧れる」「羨ましい」という感想が寄せられている。

私も老後はババアのデンデラを築きたいと夢見ている。10代の頃から『クララ白書』や『アグネス白書』を読んで、女子寮生活に憧れていたからだ。

かつ**「共学の老人ホームに入りたくない」**という思いもある。

高齢者施設で働く知人に聞いたところ、ホーム内では「人気のババアをジジイが取り合う」といった恋模様が繰り広げられており、老人版テラスハウスのような様相だという。

ババアになってまでそんな恋愛沙汰に巻き込まれたくない。それにおっさん嫌いの自分がおじいさんとうまくやっていく自信もない。やはり女子校育ちの私は、女子だけで平和に暮らしたい。

昨今、シングルの高齢女性たちが暮らすシェアハウスや、同じマンションの別の階に住むといった「友達近居」も増えているという。政府は「結婚して子を産み育てるのが幸せ」と必死でプロパガンダしているが、市井の民草は新しい幸せの形を見つけているのだ。

シェアハウスで暮らす若者も増えているが、経済的な理由よりも「寂しくないから」「安心だから」という理由が多いのだとか。

東京のシェアハウスで暮らすアラサー女子は「体調を崩して倒れた時に、住人たちが救急車を呼んでくれて、看病もしてくれた」と話していた。

当時、彼女は結婚に逃げ腰な彼氏との恋愛に悩んでいたが「本当に大切なものがわかった」と言って、その彼氏と別れていた。「このまま独身でも女友達と暮らせばいいや」と思ったら、老後の不安も減ったそうだ。

中学生すら「老後が不安」と語るこの国で「老後の覚悟はいいか？　オレはできてる」と言える人間は少ないだろう。有刺鉄線デスマッチのような老後を生き抜くには、戦友の存在が頼りになる。

「では友達作りの苦手な人間、コミュ力のない人間は野垂れ死にか？」というと、そんなことはない。**パソコンがあれば何とかなる。**

女友達からこんな話を聞いた。１人暮らしの70代の知人女性はオンラインゲームが趣味で、ゲーム仲間と毎日チャットを楽しんでいるという。パソコンの不具合で数日ログインしなかったら、みんなが「大丈夫？」「何かあった？」と心配してくれたそうだ。

リアル『傘寿まり子』の世界である。同作は80歳のヒロインまり子が、四世代で暮らす我が家で居場所を失い、家出して人生を切り開くストーリーだ。

作中にオンラインゲームの得意なおばあさんが登場して、ゲームを通じて人とのつながりを増やしていく。**「ゲームの中は自由な気持ちになれて、体力のない年寄りとか関係なく強くなれた」**という台詞に「ワイもゲームしよかいな」と思った。

現在、私は「アルテイシアの大人の女子校」というオンラインサロンを運営している。

「読者の女性たちがいろんな意見や悩みを話し合ったり、本音を吐き出せる場を作りたい」という思いで始めたもので、生徒さんからは「身近な人には話しにくいことも、ここでは話せる」との声が寄せられている。秋には芋ほり遠足をする予定だ。

彼女らは弁護士・医師・金融・IT・新聞記者・編集者・漫画家……など多彩な顔

触れで「このメンバーなら闘える」と心強い。みんなで順調に加齢していき、ババアのデンデラを築けると最高だ。

学校や会社など寄せ集めの集団で、気の合う人が見つからないこともあるだろう。オンラインで気の合う者同士でつながれるのは、新しい幸せの形じゃないか。

「JJとして幸せを感じる瞬間は？」と周囲のJJにヒアリングすると「1人で美味いものを食べている時」との回答が集まった。

わかる。若い頃は他人の目が気になって躊躇したが、太メンのJJはどんな店でも1人で入れる。私も1人寿司・1人焼肉・1人サイゼなどを満喫して「モノを食べる時はね、誰にも邪魔されず自由で救われてなきゃあダメなんだ、独りで静かで豊かで……」と井之頭五郎フェイスで呟いている。この調子なら1人バーベキューや1人満漢全席もいけるだろう。

なによりJJになって実感したのは**「人に奢られるより、自分の稼いだ金で好きなものを食う方が2兆倍美味い」**ということだ。

通りすがりのビル・ゲイツが「金が余ってるから奢らせてくれ」と言ってくるならいいが、ビル・ゲイツは近畿地方をウロウロしていない。若い頃のストレスランキング1位は「仕事関係のおっさんに食事を奢られて、暗に見返りを要求されること」だった。

ホステス的なサービスを求められたり、クソみたいな自慢話を聞かされたり。強引にハグやキスを要求してくるおっさんもいた。

過去の自分に「それはロードローラーで轢《ひ》いていい、法的にも許される」と言ってやりたいが、当時の私は仕事上の立場もあるし、奢ってもらった負い目もあって、キッパリと拒絶できなかった。

現在の私は年下の男女と食事に行くと奢るし、無論なんの見返りも求めない。おっさん方は見返りが欲しければ「#パパ活」「#援助交際」で検索するべきだろう。

ちなみに一番ウザいのは、食事の後にカラオケで肩を抱かれて『いとしのエリー』とか歌われることだった。最後の「え〜〜りいいい〜〜ほおうべいべ〜フッフッフーン♪」みたいなところが特にキモい。

女友達は「ＪＪになって声をかけられなくなったことが幸せだ」と語っていた。「昔は1人で飲んでると男に声をかけられてウザかったけど、それがなくなって超快適」とのこと。

「ババアの嫉妬乙ｗｗ」とアホの1つ覚えのように言う人々がいる。「年をとると男に相手されなくなるから、若い女を妬む」と妄想するのだろうが、「好きでもない男の相手なんかしたくない」が女たちの本音だ。

「女の敵は女」と口にする人は全員アホなので、ＪＪらしく「今日耳日曜〜」とブロックしよう。

私はモテや男受けの土俵から降りられたことが、何よりも幸せである。昔は女子アナ系の女子がチヤホヤされるのを見るとモヤモヤしたが、今はもう本当にどうでもいい。男にまったく興味がない。

「おっさんにはしごを外される案件」を見てきたことも大きい。おっさんの寵愛を受けて仕事で優遇されていた女子が、彼氏ができたり結婚が決まった途端、手のひらを返される姿を見てきた。

私はフリーランスだが、ＪＪになってからの方が仕事が増えた。「女は年をとると仕事がなくなる」も嘘なので、お嬢さん方は騙されないでほしい。その嘘を信じて得するのは、若い女から搾取したい一部のおっさんたちだ。

若さや美のような目減りする価値にしがみつくと、白雪姫のオカンのように魔女化してしまう。そこに執着のないＪＪたちは「年をとって他人の評価が一切気にならなくなった」と話す。

年齢を重ねてキャリアや経験を積み、自分に自信がついて自立すると、人生が楽しくなる。世間や他人のモノサシに縛られず、自分のモノサシで選んで、自由に生きられるようになる。

この世界は「女は年をとると価値が減る」という呪いに満ちているが、現場のＪＪたちはどっこい愉快に生きている。「年をとるって悪くない」と実感しながら。

ＪＪの最大の幸福は、あらゆる呪いから解放されることだろう。

少し前に「アラフォー女はロックTを着るな」という呪い系の記事が炎上した。その記事のライターがアイアン・メイデンのTシャツを着た巨人に母親を食われたからではなく、「ロックTはせいぜい20代前半までしか許されない」からだそうだ。

「誰に？」という話である。服を着るのに誰の許しがいるのか。

これも「結婚して子を産み育てるのが幸せ」と圧力をかける政府と同様、「既存のモデルからはみ出す者は許さない」という発想だろう。まあ書いた本人は深く考えていたわけじゃなく、毒舌ファッションコラムとして受けると思ったら、ドンスベリしたのだろう。

「他人のイタさを笑う芸」はもう完全に古い。とっくに賞味期限の切れたコンテンツだ。バラエティ番組で「料理の苦手な若い女」や「料理を作る若い父親」をバカにする老害タレントたちを見ると、昭和にタイムスリップした気分になる。

市井の民草は着実にアップデートしている。年齢・性別・属性で「こうあるべき」と型を押しつけ、多様性を認めないコンテンツは火にくべられ、燃えるべきものが燃える時代になっている。

件の記事についても「アイアン・メイデンの両国国技館ライブTシャツは断捨離しなきゃ」といった声はなく、「うるせえな、好きな服を着て何が悪い！」と人々は拳を突き上げ、その後はツイッターらしくTシャツ大喜利が始まっていた。

「他人の目を気にして好きなことができない、そんな息苦しい社会はもう沢山！」と民は叫んでいるのだ。「自由であるべきは心のみにあらず。その指先一本一本、髪の毛の一本一本にいたるまで、神のもとに皆平等なのだ！」と。

ちなみに「アルテイシアの大人の女子校」の今月のオフ会のテーマは「好きな服を着る会」である。アントワネットのようにドレスアップするもよし、男装の麗人でキメるもよし、コスプレ・ロリータ・民族衣装・ロックT……何でもアリで、もちろん普通の服で参加もオッケー、テーマは「自由」という趣旨だ。

女がおしゃれするのは男に見せるためじゃない。好きな服を着ることで、自分が自由になれたり、強くなれるからなのだ。

ファッションといえば、女性誌 Marisol のサイトで「人間ドックの日。ストレスフリーでリッチ感のある大人デニムコーデ」が紹介されていた。「40歳になって初めての大腸検査にちょっとドキドキ。前日夜からの絶食に続き、早朝起きて下剤を飲み続けるなんて……」という文章を読んで「ワイも人間ドック受けなあかんな」と思った。40代のロックTをディスる記事より、よほど実用的である。ただコーデ例にあったコンバースのスニーカー（紐靴）より、スタンスミスのベルクロ（マジックテープ）の方が人間ドックでは便利な気がする。私はベルクロを見て「これは介護されるのにピッタリだ！」とヒザを打った。

人生１００年時代、おしゃれな終末コーデを提案する記事も増えるだろう。私もＪＪからＲＪ（老女）に進化したら、もっと自由にファッションを楽しめると期待している。

おばあさんのロックTはかっこいいし、スキンヘッドにはありがたみが漂う。それで毬をつけば良寛様感を演出できるし、ついでに頭皮のクサみも軽減できる。首からしゃれこうべをぶらさげれば「亡きご友人の遺骨かな」と人々が手を合わせてくれるだろう。

人は誰しも年をとる。ゲームの中に限らず、リアルでも自由な気持ちになれて、年齢とか関係なく強くなれる社会が、みんなが幸福になれる社会だと思うのだ。

おわりに

2080年まで生き延びそうなJJは、未来のために何ができるか?

私は1976年生まれ、42歳のJJ(熟女)である。

2018年、平成最後の年はまさに「終わり」を感じる出来事が多かった。フジテレビの看板バラエティ番組の終了、オウム事件の犯人の死刑執行、小室プロデューサーやアムロちゃんの引退、さくらももこさんや樹木希林さんの死去。

女優の菅井きんさんも亡くなった。私が子どもの頃からおばあさんの印象が強かったので、今150歳ぐらいかと思っていたら、享年92だという。

そんな終わり感の漂う年に「まだだ、まだ終わらんよ！」と彗星のごとく現れたのが、ＩＳＳＡさんである。

20代の頃、私もカラオケで「俺の行く末密かに暗示する人 Honey !」をやったものだ。そんな彼が『U.S.A.』を歌い踊る動画を見た時、その変わらないルックスとキレキレのダンスに「変若水《おちみず》でも飲んだのか？」と驚いた。

そして、一緒に見ていた夫の**「これは日米安保の歌だな」**という言葉にさらに驚いた。

「日本はアメリカの属国だと歌っている。このパシフィック・オーシャンという歌詞は、大平洋はアメリカの勢力圏という意味だろう」と夫は語り、「なんだこの動きは？」と聞いてきたので「これはインベーダーダンスだ」と教えると「インベーダー、侵略国という意味か」と頷いていた。

たぶん全部間違っているが、ひさびさにＩＳＳＡさんの姿を見て、懐かしい友人に会ったような気分になった。ちなみに懐かしい友人から連絡がくると「誰か死んだか？」と思うのもＪＪあるあるだ。

２０１８年はMe too運動やセクハラ問題など、女性差別が可視化された年でもある。その集大成と言えるのが、東京医科大の入試不正問題だろう。

同様のことは一般企業でもずっと行われてきた。新卒の内定者のうち女子はたった1割、みたいな企業もザラにある。人事の担当者から「もし性別関係なく採用できるなら全員女子を採用したい、それぐらい女子の方が優秀だ」といった声もよく聞く。

こうした話を聞くたび、怒りで血管が96本ぐらい切れる。私にはあと何本の血管が残っているのか。

その怒りは「下駄を履いた男」へと向けられがちだが、**その下駄は奴隷の鎖につながれているとも言える。**

「女は出産や育児で長時間労働ができない」の裏には「男はプライベート無視で奴隷のように使い潰せる」がある。「女の締め出し」と「男の使い潰し」はセットであり、そんなアンハッピーセットはいらねえ！　と男女共に言いたいだろう。

男だって「奴隷になれるのは男だけだぜ、ヒャッハー！」と喜んでいるわけじゃない。父親も早く帰れて育児できる方が、家族みんながハッピーだろう。実際、出生率の高い先進国は男女が子育てしながら働ける環境や制度が整っている。

それに育児や介護といった理由だけじゃなく、家でストゼロ飲みながらネトフリ見るために定時に帰れる世界の方がいいに決まってる。男も女も未婚も既婚も奴隷にならなくていい、我々はそんな世界を望んでるんじゃないか。

「女は締め出していい」「男は使い潰していい」はいずれも性差別であり、本当の敵は誰なのか？　と考えると、それは「プライベートを犠牲にして働け」と圧をかけてくる人々だ。

2018年、ネットの世界では女vs.男の戦争が過熱している。女が「○○は女性差別だ」と言うと「××だって男性差別だ!」と男がキレて、女が「日本は男尊女卑だ」と言うと「いや女尊男卑だ!」と男がキレる。

そんな男のキレ芸を見ていると「男性車両もメンズデーもくれてやるから、給与も雇用も男女逆転していいんだな?」と銃口を向けたくなるが、それだと戦争は終わらない。

本気で男性車両やメンズデーを求めるのなら、鉄道会社や映画会社に訴えればいいのだが、彼らの本音はそこじゃない。「俺はこんなにつらいのに、女はずるい!」「俺はこんなに我慢してるんだから、お前たちも我慢しろ!」とキレているのだ。

誰が見ても、キレる方向を間違っている。「そんなにつらいなら、現状を変えるためにアクションすべきじゃないですか?」とチンパンジーのパンくんですら言うだろう。「我々チンパンジーは差別されている、だからゴリラも差別されろ！」という思考では、世界は地獄のままである。

20代の女性医師の読者から、こんなメールをもらった。

「入試不正問題について、病院の上層部は『女性の入学者を制限するのは当然、女性が増えたら現場が困る』という認識で、現場を変えていこうという意識はなく、歯がゆさでいっぱいです」

「医者の世界では、そこまで忙しくない科で働く男性医師は、超激務の科の男性医師から馬鹿にされています」

「俺の方がつらいんだー！」と殴り合う、**奴隷マウンティング**。

奴隷の中で序列を作るって、ＳＭクラブですか？　とムチでビッシビシしばきたくなるが、このマウンティングの根っこには「男は弱音を吐くな」「つらくても我慢しろ」というジェンダーの抑圧があるんじゃないか。彼らは「つらくても我慢してる俺は偉い」と認めてほしいんじゃないか。

一方、女同士はつらさでつながれると思う。お互いに弱音や悩みを吐き出して「わかる！」「つらいよね～！」と仲良くなれる。**そんなふうに、男と女もつらさでつながれるといいのに。**


「上司に『女は出産すると働けなくなる』とか言われて、超ムカつく！」

「わかる！　俺も『嫁さんもらわないと出世できないぞ』とか言われた」

「まったく余計なお世話だよね」

「ほんとプライベートに口出すなよ」

「よし、一緒にコンプライアンス室に訴えようか！」

とバキュームカーに同乗すれば、世界を変えていけるだろう。


男と女でウンコをぶつけ合っていても、何も変わらない。それどころかウンコで視界を奪われて、真の敵が見えなくなる。現状で誰が得をしているのか？　を考えれば、ウンコを投げるべき相手がわかるだろう。

日本の社会は男も女もどっちも地獄だが、地獄の種類が違う。男は「ひたすら奴隷として働け」というシンプルな地獄だが、女は地獄のラインナップが多い。

「少子化だから子どもを産め」「労働力不足だから働き続けろ」「保育所不足だから自分で何とかしろ」「そんなに働いたら子どもが可哀想」「ついでに女を忘れずキレイにしろ」と無理難題をふっかけられて、羽生竜王に勝つぐらい優秀なＡＩでも**「この腐った世界をぶっ壊す……！」**と中二な答えを出すだろう。

だが私は世界をぶっ壊したいわけじゃないし、三条友美の漫画のように、家畜化した男が女のウンコを食う世界を築きたいわけでもない。

一生懸命に子育てする女友達を見ていると「この子どもたちが今より幸せに生きられる未来にしたいな」と思う。

そんな42歳のＪＪが子どもたちに伝えたい言葉は「イヤなことはイヤと言おう」だ。

男も女もつらい時はつらいと言っていいし、「セクハラもパワハラも笑顔でかわせ、それが賢い大人」なんて言葉に騙されないでほしい。

昭和生まれの私はテレビっ子だったが、今はほとんどテレビを見ない。若者じゃないＪＪたちもテレビ離れしていて「自分の見たいドラマやアニメだけ録画して、それ以外は見ない。特にバラエティは絶対見ない」と声をそろえる。

前回「バラエティ番組で老害タレントたちを見ると、昭和にタイムスリップした気分になる」と書いたが、あまりの時代遅れ感にめまいがするし、まとめて爆破して「きたねえ花火だ」と言いたくなる。

大御所芸能人たちはセクハラ＆パワハラ芸を披露して「尖っている」つもりだが、完全にスベっている。笑っているのは身内のタレントとスタッフだけで、視聴者はうんざりしてテレビを消しているのだ。

「視聴者のクレームを気にして、規制だらけでテレビがつまらなくなった」と彼らは言うが、自分たちのアップデートできてない笑いが古くてつまらないのだ。

昔『ごっつええ感じ』でダウンタウンが「くさやダンゴムシ師匠」に扮して「時代遅れの大御所芸人が若手に説教する」というコントをしていたが、いまやテレビはくさやダンゴムシ師匠だらけである。

以前『スッキリ』にアリアナ・グランデが出演した時、近藤春菜に対する見た目イジリに一切笑わず、「あなたはシュレックにもマイケル・ムーアにも似てない、すごく可愛いわ」と語りかけていた。それを見て、日本のテレビの幼稚さが恥ずかしくなった。

また、近藤春菜の「小学生の時にクラスで『ブタ！』と呼ばれて、変な空気にならないように笑いに変えたのが自分の原点」という話を聞いて、悲しくなった。

私も小学生の時に男子にブタと呼ばれたことを、今でも覚えている。中学時代は道ですれ違った男子たちに「見ろよあのデブ」と笑われて、鏡を見るのも外出するのも怖くなった。それから絶食や過食嘔吐をして、半年ほど生理が止まった。

私の母は「男に選ばれる美しい女でいなければ」という呪いに囚われたまま、拒食症で亡くなった。

近藤春菜は『街中でカップルの彼氏がハリセンボンとキスしたら1万円あげる』という企画をやらされた、という話もしていた。そんな番組を見て、一体誰が笑うのか？

「ポリコレを気にしてたら面白いことができない」と言うなら、それは単に才能がないのだ。ポリコレの基準がわからないなら教えてやる。「自分の娘や息子が同じことをされたら笑えるか？」と考えてみればいい。

私は弱いものイジメや差別を見て笑えない。それを笑いながら「子どもたちの未来のために」なんて二枚舌を使う人間には、死んでもなりたくない。

というわけで、私は今日も元気にブリブリ怒っている。子どもたちにも「イヤなことされたら空気なんか読まなくていい。我慢せずに怒ればいい。まっとうに怒れるのは心が健康な証拠だから」と言いたい。

「子どもたちの未来のために」という言葉をよく聞くが、これだけ寿命が延びると、その未来に自分たちも生きている可能性がある。同い年のＪＪは「父方と母方の祖母が97歳と95歳で存命で、１００歳を超える勢いだ」と話していた。

そんな話を聞くと、42歳の自分はまだ半周いってないのかも？　と思う。医療がさらに進化すれば「まだ終わらんよ！」と言いながら、２０８０年まで生きるかもしれない。

２０８０年なんてＳＦの世界だ。未来のＪＪはロケットで宇宙に出かけて、ZOZOTOWN月面ショップでお買い物しているかもしれない。つまり、未来は他人《ひと》事《ごと》ではないのだ。

ちなみに、その頃も元号はまだあるのだろうか。地球（がいあ）とか宇宙（こすも）とか、キラキラ元号がついていたりするのか。

まあ元号は何でもいいが、今よりはマシな世界であってほしい。そのために自分に何ができるのか？　を考える、平成最後の秋なのであった。

解　説

カレー沢　薫

アルテイシアさんと言えば、自らの体験を元に綴った『59番目のプロポーズ』がドラマ化され、それがきっかけで共演者が結婚と離婚をし「永遠《とわ》にともに」が二度と結婚式で歌われなくなったという、非常に高名な作家さんなのだが、失礼ながら私がアルさんのことを知ったのは、アルさんがコラムの連載をしていたサイトで私も連載を始めたところからだ。

そこで読んだコラムがとにかく面白かった。笑える、そしてちゃんとためになることも書かれている、特に笑いに関しては、よくこんな表現が思いつくなと毎回感嘆する。

しかし私は「ひがみ根性を擬人化したらカレー沢になる」で有名なので、「面白い」と思ったものは悔しくて読めなくなる。

当然アルさんの文章も「面白くてムカつくので読めない域」なのだが、更新されているのを見るとつい読んでしまい「悔しい！　でも面白い！」と完全にエロ同人誌の女騎士状態である。

そんな、勝手に愛憎を感じているアルさんの本の解説に指名していただいたことは、非常に光栄なことである、そして当然同時にムカついているので「どうにか本編より面白い解説にしてやれないだろうか」と思っている。

よって、この解説ページには『ワンピース』第1話を丸々無断転載してほしい。

だが残念なことに、この『40歳を過ぎたら生きるのがラクになった—アルテイシアの熟女入門—』はワンピース1話目より面白いと言っても過言ではない。

私がワンピース1話目をよく覚えていない（熟女は本当に物忘れが激しい）せいも

あるが、それを差し引いても面白い。

本書はタイトル通り、熟女の生き方を現熟女視点から説いたものだが、全く説教臭くないし、まず笑える。

この本を読めば、加齢に怯える女子も「へえ、おもしれーじゃねーの？」と熟女になることに対し、乙女ゲーに出てくる俺様男のような感覚になること請け合いだ。

かく言う私も36歳。25歳でベテランになるアイドル業界なら火葬が終わっているレベルの熟女だが、下手に熟女を名乗ると、本職の方から「ガキはすっこんでろ」「俺たちはロリコンじゃねえぞ」「チェンジ」と言われる、微妙な年頃である。

このように、年齢というのは、女にとって非常に難しい問題なのだ。

本書は決して「熟女こそ至高」と言っているわけではなく、ましてや「若い女より熟女の方が優れている」というイキった内容でもない。

若いのはもちろん良いことだ、としつつも「熟女になってもちゃんと楽しいよ」ということが書かれている、いわば「希望の書」であり、加齢によるデメリットも、本書を読んでいるとメリットのように感じられてくる。

加齢による体力低下、容貌の衰え、痩せる髪、取れる歯のかぶせもの、と熟女の体に訪れる万難を容赦なく書きつつも、それ故に「とりあえず横になりたい」と思うようになった、という利点もちゃんと示されている。

若いころは「休みの日に横になるのは損」という謎の強迫観念で、とりあえず外に出て結局何もないまま疲れて帰って横になる、ということがよくあった。熟女になるとそういった無駄をショートカットして「まず横になる」ことができるのである。

このように、熟女になるというのは若いころにあったものをただ失うだけではなく、失った分だけ別のものを得ているのだということが書かれているのだ。

確かに加齢と共に膀胱のパッキンを失い尿漏れするようになるかもしれないが、そのころには「尿漏れ如《ごと》きに動じないメンタル」を得ているのだ。22歳とかで尿が漏れたら2週間ぐらい落ち込むだろうが、熟女ともなれば、パンツを穿き替える間に忘れているはずである（物忘れがひどいので）。

その一方で「二の腕は出せるうちに出しておけ」「着物はババアになっても着られる」など現熟女にしかわからない「二度と戻ってこないもの」についても書かれているので、この本はむしろ若い人ほど読むべきだろう、私は15年ぐらい遅かった。

また私も30代後半を迎え、体力低下、物忘れ、文字通り地球の重力を肌で感じ「だけれど僕らは地球人」とDA PUMPの『U.S.A.』を振りつきで歌おうとするが足が上がらねえ、という加齢現象を一通り迎えた気でいたが、「小陰唇が乾燥でかゆくなる」という一文をみて「そういうのもあるのか」と井之頭五郎顔になった。

もちろん「小陰唇がかゆくなるなんて」という驚きではなく、普通にかゆいし、今もかゆいぐらいだが、それは「ムレ」によるものであり、乾燥によるかゆみは未体験ゾーンなのだ。

つまり私のような「熟女三等兵」程度の年齢の女からしても「近々こういうことが起きるのか……」と勉強になる「熟女軍曹」のような頼もしい本である。

そして本書の良い所は一貫して「勝手にしやがれ」と言っている点だ。

女の生き方本というのは「年を取っても女でいよう」とか逆に「性別は意識するな」とか「神を信じて500万の水素が出る壺を買え」とか、ある程度方向性を示してしまいがちだが、本書は「二の腕出すなら若いうちがいいよ」という一般的なアドバイスをしつつも「お前が出したいなら、いくつになっても出していい、陰部以外は」というメッセージもあり、本人もＲＪ（老女）になったらゴスロリになると宣言されている。

ただその「出すや出さざるや」を他人の意見に左右されてはいけないというのが、この本の一貫した方向性である。

本書では随所に、他人やメディアなどによる「女はこうあれ」「こうでなければダメ」という「脅迫」に苦言が呈されており、そう言った脅しに屈しなくなるのも熟女の良い点だとも書かれている。

確かに「俺は俺だしこの腐敗した世界に落とされたゴッズチャイルド」という中二時代を越えると今度は他人の目に一喜一憂するようになり、周りに「女はこうなんや」と言われたら「そうなんか」と真に受けてしまい「そう」ではない自分にイチイチ落ち込んだりするものだ。

それが熟女になると「うるせー！　俺は俺だしプロゴルファーブスや」と、良い意味で中二に逆戻りできるのである。

よって「女はオフィスの男を喜ばすため片乳を出して出勤しよう」というメディアの煽《あお》りなどに対し若いお嬢さんは「そうなの？」と本当に片乳を出してしまったり、おかしいとは思っていても「周りがそう言うならそうかも」と思い黙ってしまう。

その点熟女は「寝言は寝て言え」と言えてしまうので、この手の問題では「騒いでるのはババアばかりで若い女は気にしてない」という結論になりがちだ。

女性脅迫問題が「ババアの更年期」で片づけられるのは若い女性のためにもならないので、お嬢さん方もぜひババアを盾にして騒いでほしい、熟女は面積が広めなのでよく隠れられる。

つまり何やってもいいけど、他人の声に左右されてそれをやるのは愚かであると示されており、実際、若いころ煩悶《はんもん》されていたアルさんより今のＪＪ（熟女）としてのアルさんの方が楽しそうに見えるので説得力がある。

この他人の声を無視できるようになったというだけでも熟女になった甲斐があるだろう。ただ聴力が下がっただけかもしれないが、その分独り言が増えるのでイーブンだ。

もちろん、熟女になれば鋼のメンタルを持った無敵艦隊になれるから安心しろと言っているわけでもなく、「思いのほか繊細で傷つきやすい、硝子の熟年時代」と表現されている通り、自分の思いがけない老化にばっちりショックを受けたり、未だにダイエットや美容に死に金を投じ続ける様など、熟女の少女らしいリアルな一面も記されている。

そのような行動に関しても「言っておくが男のためにやってるんじゃねえぞ」と幾

度となくブチ切れていらっしゃるので「女が何かするのは男のためや男の影響じゃねえ」というのも、本書の重要なテーマと言えるだろう。

もちろん男にモテるための服を着ている人もいるだろうが、それも突き詰めれば自分のためだし、ましてて、そうじゃない人間を捉まえて「男のためにオシャレしちゃって」などと言ったら「この指輪はお前を殴った時のダメージを上げるためにつけている」と言われても仕方がないだろう。

この「女の行動は男ありき論」は未だになくならないので「君がわかるまで言うのをやめない」戦法で行くしかないだろう。幸い熟女含む年寄りは同じ話を何回もするのが得意だし、言ったことすら忘れるので、何度でも初めて言うかのような熱い気持ちで言える。

また「女友達を作れ」「趣味を持て」など長すぎる熟女時代に役立つ具体的アドバイスもされている。

実際「更年期による鬱が韓流アイドルで治った」や北島三郎のコンサートでフィー

バーするRJたちのエピソードを聞くと、男よりも「趣味って大事だな」と思わせられる。

趣味に関しては「画面から出てこない男が好きすぎる」という幼稚園からの一貫した趣味があり、むしろ現実に男に興味があった期間が人生において数年しかない、というのだが、繁殖力が弱すぎて絶滅する生き物みたいな感じなので、今後も心配はいらないのだが、友達に関してはマジでいない。

昔から友達を作るのが苦手であり「友達がいなさすぎて担任が抜き打ち家庭訪問に来た」というのが、邪気眼なんかよりよほど中学時代の黒歴史として残っている。

今では、それでいいやと。友達がいないのはもちろん、家族ともろくに話さず引きこもって暮らしているのだが、本書を読んで「やっぱ友達はいるのでは」と思い始めてきた。

しかし、普通の人ですら「大人になってから友達を作るのは難しい」と言っているのに、子ども時代にさえ友達が作れなかった奴が今から作れるわけないし、アルさんは別に老後のために友達を作ったわけではないだろう。

「女はこうや、という他人の意見に左右されるな」と言ったばかりなのに、早くも「女友達最高」という一つの意見に「やっぱ女は女友達いないとダメだよね！」となっているのだ。

「さすが熟女三等兵」といった感じで修業が足りなさすぎる。

アルさんがＲＪ同士のシェアハウスでの豊かな老後を目指すなら、私は友達ゼロでひとりでも（画面から出てこない彼氏がいるので厳密にではない）幸せなＲＪライフを追求したいと思う。

どんな道でも自分の道を行くのがＪＪの第一歩だろう。

――漫画家・コラムニスト

この作品は幻冬舎ｐｌｕｓの連載「アルテイシアの熟女入門」（２０１６年11月～２０１８年10月）に加筆修正した文庫オリジナルです。

ＪＡＳＲＡＣ　１８１４７１４-８０１

40歳《さい》を過《す》ぎたら生《い》きるのがラクになった

アルテイシアの熟女入門《じゅくじょにゅうもん》

アルテイシア

平成31年2月10日　初版発行

発行人——石原正康
編集人——袖山満一子
発行所——株式会社幻冬舎
〒151-0051東京都渋谷区千駄ヶ谷4-9-7
電話　03(5411)6222(営業)
　　　03(5411)6211(編集)
　　　振替00120-8-767643
印刷・製本—中央精版印刷株式会社
装丁者——高橋雅之

検印廃止

幻冬舎文庫

ISBN978-4-344-42829-4　C0195　あ-57-3

幻冬舎ホームページアドレス　http://www.gentosha.co.jp/
この本に関するご意見・ご感想をメールでお寄せいただく場合は、
comment@gentosha.co.jpまで。